BODA EN EL DESIERTO

LYNNE GRAHAM

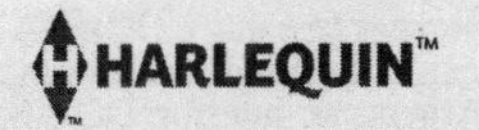

Editado por Harlequin Ibérica.
Una división de HarperCollins Ibérica, S.A.
Núñez de Balboa, 56
28001 Madrid

Boda en el desierto, n.º 2646 - 5.9.18
Título original: His Queen by Desert Decree
Publicada originalmente por Mills & Boon®, Ltd., Londres.

I.S.B.N.: 978-84-9188-369-2
Depósito legal: M-22091-2018
Impresión en CPI (Barcelona)
Fecha impresion para Argentina: 4.3.19
Distribuidor exclusivo para España: LOGISTA
Distribuidor para México: Distibuidora Intermex, S.A. de C.V.
Distribuidores para Argentina: Interior, DGP, S.A. Alvarado 2118.
Cap. Fed./Buenos Aires y Gran Buenos Aires, VACCARO HNOS.

Capítulo 1

EL REY Azrael al Sharif de Djalia miró el periódico con enfado. Su ancha boca estaba tensa y sus ojos, de color dorado oscuro, añadían descontento a su morena cara, coronada por una larga y exuberante melena de cabello negro.

–No creo que deba preocuparse por esas trivialidades, Majestad –dijo Butrus, su mano derecha–. ¿Qué importa lo que se diga de usted en otros países? Nosotros sabemos la verdad. No estamos tan atrasados. Sencillamente, el dictador desatendió las infraestructuras del país mientras estuvo en el poder.

Azrael se preguntó a qué infraestructuras se referiría, si la pequeña y petrolífera Djalia llevaba medio siglo de negligencia gubernamental continuada. Hashem había sido tan incompetente como brutal; y Azrael, que había ascendido recientemente al trono y era consciente de las expectativas de su pueblo, se sentía abrumado por la inmensa responsabilidad que había recaído sobre sus hombros.

Sin embargo, se enfadada cuando la prensa de otro país se burlaba del suyo. El reportero, que había visto un carro con bueyes en una carretera, utilizaba esa imagen en el artículo para afirmar que era el país más atrasado del mundo árabe. Pero aunque fuera cierto que no tenían rascacielos ni más edificios modernos que los del imponente aeropuerto, eso no era sinónimo de atraso. Y con tiempo y paciencia, alcanzarían a los demás.

Por fortuna, Djalia era un país rico y muchos de los ingenieros, médicos y profesores que se habían ido al extranjero estaban volviendo para ayudar en la reconstrucción del país.

Azrael, un hombre de treinta años cuyo mayor defecto era una seriedad que le hacía parecer mayor de lo que era, se alegraba enormemente de que volvieran. Eran personas como él, que creían en la igualdad de hombres y mujeres y ansiaban vivir en una sociedad donde todos tuvieran acceso a la educación y la sanidad.

–Tienes razón, Butrus. No debería preocuparme por esas tonterías –replicó–. Hay que tener fe en nuestro futuro.

Aliviado por haber mejorado el humor del monarca, Butrus se fue sin mencionar un asunto que podía llegar a ser un problema. Los funcionarios de la embajada en Londres le habían informado de que Tahir, el hermanastro pequeño de Azrael, se había encaprichado de una pelirroja muy sexy. Pero, en principio, carecía de importancia.

Mientras Butrus se alejaba, Azrael contempló las paredes de su despacho y pensó que era un hombre afortunado. Vivía en un castillo del siglo XII porque se había negado a ocupar la residencia del difunto dictador, un ostentoso y vulgar palacio que se iba a convertir en hotel. El castillo no tenía Internet ni otras ventajas modernas, pero se dijo que no las necesitaba. Al fin y al cabo, había vivido muchos años en una jaima.

Además, era consciente de que el pueblo no quería que viviera en el palacio de Hashem, un símbolo de sus extravagancias y crueldades. Tenía que demostrar que, aunque fueran de la misma familia, no se parecían nada. Él había salido a su heroico padre, Sharif, al que habían ejecutado por oponerse a la dictadura.

Minutos después, Butrus volvió al despacho. Estaba pálido, y parecía preocupado.

–Siento entrar sin llamar, Majestad –dijo rápidamente–, pero su hermano ha hecho algo escandaloso, algo asombrosamente escandaloso. Y, si no le ponemos remedio, vamos a tener un buen problema.

Hasta el día anterior de que la insensatez de Tahir provocara que Azrael perdiera la fe en la inteligencia de su familia, Molly Carlisle no tenía motivos para sospechar que su vida se iba a convertir en un infierno.

Pequeña, voluptuosa y de cabello cobrizo, era una mujer feliz cuyos ojos verdes brillaban de alegría porque había ido a visitar a su abuelo, que estaba en una residencia de ancianos. Maurice Devlin, que padecía demencia senil, la confundió con Louise, la difunta madre de Molly, pero su nieta no intentó corregirlo. Al menos, sabía que era de la familia. Y era evidente que se lo estaba pasando bien.

Winterwood era una buena residencia. Costaba mucho dinero, pero Maurice se había acostumbrado a ella y Molly no quería llevarlo a una más barata por miedo a que un cambio de sitio y de caras empeorara su estado. Lamentablemente, ya había vendido todas las joyas de su madre y, aunque trabajaba día y noche, su sueldo no daba para vivir y pagar las facturas de la residencia al mismo tiempo.

A pesar de ello, Molly intentaba ser optimista. Ya encontraría una solución. Además, preocuparse no habría arreglado el problema y, como era una mujer esencialmente práctica, procuraba no preocuparse. De hecho, era tan práctica que tenía tres empleos.

De día, era camarera; de noche, trabajaba para su amiga Jan, que tenía una empresa de limpieza y, por si eso fuera poco, daba clases de inglés a un príncipe árabe de la embajada de Djalia que pagaba maravillosamente bien. De hecho, ganaba más con las clases que con el resto de sus empleos, aunque solo se las daba los fines de semana.

Era un trabajo tan rentable que, en otras circunstancias, habría hablado con él y le habría dicho que aumentaran el horario lectivo. Sin embargo, no quería pasar más tiempo con Tahir, porque su interés por ella iba bastante más allá de lo académico.

El príncipe no la estaba acosando en modo alguno. Le había hecho varios regalos; pero, cuando ella le dijo que no le parecía apropiado, Tahir dejó de hacérselos, aceptó que se los devolviera y se disculpó. Y tampoco había intentado tocarla, pero coqueteaba tanto con ella y la miraba de tal manera que Molly le pidió que uno de los empleados de la embajada estuviera presente en las clases, petición a la que también accedió.

Desde luego, ella habría sido la primera en admitir que tenía poca experiencia con los hombres y que, en consecuencia, cabía la posibilidad de que lo estuviera juzgando mal. Al fin y al cabo, no había tenido ocasión de divertirse mucho. Con excepción de un novio que prefería olvidar, su vida había girado alrededor de su abuelo desde que se vio obligada a dejar la universidad para cuidar de él.

Habían pasado cuatro años desde entonces, pero no se arrepentía de nada. A pesar de su situación, se las había arreglado para sacarse un diploma de profesora de inglés. Y, por otra parte, no podía olvidar que estaba en deuda con Maurice, quien había interrumpido su jubilación para cuidarla a ella durante una época especialmente difícil.

Molly solo tenía cuatro años cuando su madre falleció. Su padre se volvió a casar años después, pero con una mujer que la maltrataba porque no quería saber nada de la hija de su antecesora. Y como él se lavó las manos, Molly no tuvo más remedio que pedir ayuda a su abuelo, quien la acogió en su hogar.

El resto había sido tan desagradable que prefería no pensarlo. Su padre murió al cabo de un tiempo, y su segunda esposa se quedó con todas las propiedades de la familia. Si no hubiera sido porque su difunta madre había redactado un testamento específico, dejándole sus joyas en herencia, Molly se habría quedado sin nada. Pero eso era el pasado, cuyo eco se desvaneció cuando entró aquella tarde en la embajada de Djalia.

Como de costumbre, le sorprendió el encanto de su decoración pasada de moda, empezando por la sala donde daba las clases: un comedor de lo más formal, cuya ancha mesa la separaba del príncipe Tahir. La puerta se quedaba siempre abierta, con una funcionaria sentada en el pasillo. Y todas las veces, los ojos de Molly buscaban el retrato que decoraba la pared contraria.

Nunca había visto a un hombre tan sexy. Era de rasgos tan perfectos que soñaba con él muy a menudo, aunque intentaba restarle importancia. Seguramente, no era más que una reacción normal en una mujer sola que anhelaba una vida más emocionante.

Tras tomar asiento, uno de los criados entró en el comedor con el habitual servicio de café. Molly apartó la vista del retrato, que los empleados de la embajada solían mirar con adoración, como si estuvieran en presencia de un dios. Y momentos después, apareció el alto y fuerte Tahir, un hombre de veintitantos años que habría resultado atractivo a muchas mujeres. Pero ella no soportaba su inmadurez.

–Hoy está realmente preciosa –declaró el príncipe.

–Se supone que debemos mantener conversaciones informales, Alteza –le recordó ella–. Los comentarios personales no son apropiados.

–Discúlpeme, por favor –dijo Tahir–. Tendría que haber empezado de otra forma. Por ejemplo, preguntándole por su día.

–Sí, eso habría estado bien –declaró Molly, sonriendo.

Tahir se interesó entonces por lo que había hecho y, cuando ella contestó que había ido a ver a su abuelo, él comentó:

–Tiene suerte de que su abuelo sea una buena persona. Yo solo conocí a uno de los míos, y era un verdadero monstruo.

Molly frunció el ceño.

–¿No le parece un comentario demasiado personal para hacérselo a una desconocida?

–Usted no es una desconocida. Y, por otra parte,

me gustaría conocerla mejor –respondió Tahir, algo frustrado.

–Soy su profesora, no su amiga –puntualizó ella–. Pero, dígame, ¿qué ha estado haciendo desde la última clase?

–Nada –contestó Tahir mientras el criado servía los cafés.

–Oh, vamos, seguro que ha hecho algo –dijo Molly, intentando recordar que el caprichoso príncipe pagaba muy bien–. ¿Ha ido a algún sitio? Vive en el centro de Londres, y hay muchas cosas que ver.

–No soy un turista. Estoy aquí para mejorar mi inglés.

–Pero tendría más ocasiones de practicarlo si saliera por ahí –observó ella, alcanzando su taza.

–No tengo amigos con los que salir –se quejó Tahir–. Le he pedido varias veces que me acompañe, y siempre se niega.

Molly no se lo discutió. Al principio, se había negado a salir con él por consejo del propio embajador, a quien le preocupaba la seguridad del príncipe. Por lo visto, cabía la posibilidad de que determinados simpatizantes del antiguo dictador de Djalia atentaran contra su vida. Pero luego, cuando se dio cuenta de que Tahir estaba obsesionado con ella, se alegró de haber rechazado su oferta.

Tras un breve silencio, Tahir se puso a hablar de Londres en inglés. Molly alcanzó su taza de café y lo probó. Le pareció espantosamente dulce, pero lo pasó por alto porque su alumno estaba haciendo un esfuerzo poco habitual en él: practicar el idioma que, en teoría, quería mejorar.

Aliviada, intentó darle conversación. Y entonces, supo que algo no andaba bien. Se sentía extrañamente adormilada, hasta el punto de que no se podía concentrar.

–Vaya, parece que he dormido mal –dijo al cabo de un rato, con una voz apenas comprensible–. No sé qué me pasa. Estoy muy cansada.

–No le pasa nada –dijo él en tono tranquilizador.

Molly puso las manos en la mesa y se apoyó en ella para intentar levantarse, con tan mala suerte que golpeó la taza y la tiró al suelo. Pero eso no la incomodó tanto como la desconcertante pesadez de su cuerpo.

–Creo que estoy enferma –acertó a decir.

–Permítame que la ayude –declaró Tahir, acercándose rápidamente–. Se pondrá bien. Se lo prometo.

–No es necesario –replicó ella con su obstinación de costumbre–. Solo tengo que...

Molly no llegó a terminar la frase. Los párpados se le cerraron como si no tuviera fuerzas ni para mirar; y un segundo después, se desmayó sobre la mesa.

Molly se sentía maravillosamente cómoda cuando se despertó. Poco a poco, alzó la cabeza y abrió los ojos. Pero... ¿dónde estaba? No reconocía el lugar.

Yacía en la cama de una habitación grande, cuyos muros de piedra tenían un aspecto indiscutiblemente medieval. Y ya no llevaba su ropa, sino un camisón fino que tampoco era suyo.

Cada vez más angustiada, se levantó y corrió a la ventana, desde donde vio un paisaje que aumentó su perplejidad. Estaba en el desierto, en un desierto de verdad, con enormes dunas como las del Sahara.

¿Cómo había llegado allí?

Mientras se lo preguntaba, se acordó de su extraño mareo, del café demasiado dulce y de otro detalle en el que no había reparado entonces: que Tahir no había probado su café. Por absurdo que pareciera, la habían drogado y la habían secuestrado. No había otra explicación posible. Sobre todo, porque el príncipe le había dicho que no le pasaría nada, como si supiera exactamente lo que le estaba pasando.

–¿Señorita Carlisle?

Molly se sobresaltó al oír la voz, que resultó ser de una joven que la miraba con ansiedad desde la puerta.

–Soy Gamila –continuó–. Me han pedido que le diga que no se preocupe, que se encuentra a salvo.

–¿A salvo? –replicó Molly, ya segura de que la teoría del secuestro era correcta–. ¿Dónde estoy?

La joven guardó silencio y abrió una puerta que daba a un cuarto de baño. Molly comprendió que Gamila no podía contestar a sus preguntas, así que renunció a insistir y entró en el servicio. Alguien se había tomado muchas molestias, porque le habían dejado jabón, un cepillo de dientes y todos los productos de aseo que pudiera necesitar.

¿Sería Tahir quien la había secuestrado? Por lo visto, sí. Pero, si era él, ¿dónde estaba ahora? ¿Y qué tipo de hombre era? ¿Había dado clases de inglés a un loco o un agresor sexual?

Las palabras de Gamila no la tranquilizaban mucho. Nadie se habría podido sentir a salvo en esas circunstancias; sobre todo, teniendo en cuenta que la habían secuestrado y la habían llevado a otro país sin un elemento fundamental en los viajes internacionales: un pasaporte. Nunca lo había tenido. Había soñado muchas veces con la posibilidad de vivir en el extranjero, pero su presupuesto no daba para unas simples vacaciones.

Fuera como fuera, pensó que Tahir debía de ser un verdadero monstruo, porque solo un monstruo era capaz de drogar a una mujer y secuestrarla. Pero las cosas no se iban a quedar así. Acudiría a la policía y denunciaría lo sucedido.

Justo entonces, notó que había un vestido en el colgador de la pared. Era largo y suelto, parecido al que llevaba Gamila y, como no había visto su ropa en el dormitorio, se quitó el camisón y se lo puso. Le quedaba bien, pero echó de menos un sujetador. Sus pechos eran muy grandes, y nunca se había sentido cómoda con ellos. Desde su punto de vista, resultaban demasiado exuberantes para una mujer que no llegaba a un metro cincuenta y cinco de altura.

Al volver a la habitación, descubrió que la joven la estaba esperando con una bandeja de comida. Molly estaba hambrienta, pero rechazó los alimentos por desconfianza. Tahir la había drogado una vez, y cabía la posibilidad de que intentara drogarla de nuevo.

Gamila dejó la bandeja y se fue. Molly se acercó entonces a la ventana y admiró el precioso paisaje de dunas. Había llegado el momento de averiguar dónde estaba y de denunciar al príncipe ante las autoridades. Pero no llegó ni a abrir la puerta, porque alguien llamó antes y entró.

El recién llegado era nada más y nada menos que

el hombre increíblemente atractivo del retrato de la embajada. Molly se quedó sin aliento, como si estuviera ante una estrella de cine.

–¿Señorita Carlisle? Soy Azrael, el hermanastro de Tahir –dijo, muy serio–. Lamento profundamente lo que ha pasado. Me encargaré de que vuelva a casa tan pronto como sea posible; pero, entretanto, le ruego que acepte mis disculpas.

Molly se sintió algo incómoda al recibir las disculpas de un hombre tan impresionante que parecía un guerrero de otros tiempos. Medía alrededor de un metro ochenta y cinco, y tenía los ojos más bonitos que había visto en su vida, de color dorado oscuro.

–Veo que habla mi idioma... –acertó a decir.

–En efecto –declaró él.

Azrael la miró con detenimiento. Le disgustaba la idea de tener algo en común con un hombre capaz de drogar y secuestrar a una mujer, pero lo tenía. Molly Carlisle no era la rubia chabacana que se había imaginado, sino una belleza de piel clara, cabello cobrizo y ojos verde esmeralda, del mismo tono que los de su difunta madre.

–¿Cuándo podré hablar con la policía?

La pregunta de Molly hizo que Azrael dejara de admirarla y se concentrara en su problema; particularmente, porque Djalia ya no tenía cuerpo de policía. Su Gobierno había expulsado a los corruptos agentes de Hashem, y aún estaban formando a los nuevos.

–Bueno, esperaba que pudiéramos solucionar este asunto sin acudir a las autoridades –replicó Azrael, dedicándole la más regia de sus miradas.

–No, no. Quiero que la policía intervenga. Quiero

que su hermano o hermanastro o lo que sea reciba un castigo.

Azrael suspiró. La reacción de Molly lo había dejado atónito, porque no conocía a muchas personas que se atrevieran a llevarle la contraria cuando los miraba así.

–La policía no va a intervenir –le informó.

–¿Cómo que no? ¡Me han drogado y secuestrado! ¡Exijo justicia!

–Pues me temo que no podré dársela –dijo él–. Tahir ya no está en Djalia.

–No le creo –declaró Molly, frustrada–. Intenta proteger a su hermanastro.

–Le aseguro que no.

Azrael había sido sincero con ella. Estaba tan enfadado con su hermanastro que lo habría arrojado él mismo a los lobos. Pero no era posible.

–¡No puede negarme mis derechos! –exclamó Molly, roja de ira.

Azrael frunció el ceño.

–Señorita, yo puedo hacer lo que...

–¡No puede! –lo interrumpió, enrabietada–. ¡Hay leyes internacionales que protegen a las mujeres!

–Leyes que no están en vigor en mi país.

–¡Me han drogado y secuestrado! –insistió Molly.

–Lo sé, pero ya ha recuperado su libertad. Nos hemos encargado de ello –replicó él, intentando mostrarse razonable–. No se preocupe por eso. Está a salvo.

–¿Que estoy a salvo? ¡Ese hombre podría haberme violado!

–Lo dudo mucho. Tahir es un idiota, pero no un

violador. Creyó que, si la traía a mi país y la cubría de joyas y vestidos caros, caería rendida a sus pies –declaró Azrael–. Se ha encaprichado de usted, pero no le habría hecho nada.

–¿Y eso es todo? ¿Le parece bien que me haya drogado y secuestrado?

–No, por supuesto que no me parece bien –contestó él con vehemencia–. Ha cometido un delito muy grave. Pero, en este caso, no podemos acudir a la policía.

–Eso tendré que decidirlo yo, no usted –dijo Molly, enfadada.

Azrael sacudió la cabeza mientras buscaba mentalmente un adjetivo adecuado para el color de su pelo, un rojo oscuro y brillante a la vez.

–La decisión es mía, señorita. Y en Djalia, mi palabra es la ley.

–¡Pues Djalia vive en la Edad Media! –bramó ella.

Azrael se sintió profundamente ofendido por su comentario, pero respiró hondo y dijo:

–Será mejor que dejemos esta conversación para otro momento, cuando se haya tranquilizado un poco.

–¡Estoy tan tranquila como puedo estarlo después de que me hayan raptado y dejado en mitad del desierto! –replicó Molly.

Él se giró con intención de marcharse, y ella perdió los estribos.

–¿Adónde va? ¡No puede dejarme sola!

–Es lo único que puedo hacer. No se encuentra en condiciones de mostrarse razonable.

–¿Se mostraría usted razonable si lo hubieran drogado y secuestrado?

En lugar de responder a su pregunta, Azrael salió de la habitación con toda tranquilidad.

Molly pegó una patada a la puerta que él acababa de cerrar y, como iba descalza, se hizo daño. Tras soltar una maldición, se llevó las manos a los doloridos dedos y se los frotó mientras saltaba por el dormitorio, pensando en el hermanastro de Tahir.

Toda su familia estaba loca. No encontraba otra explicación. Uno la secuestraba y otro quería que se mostrara razonable.

¿En qué siglo estaban viviendo? ¿Qué tipo de país era Djalia? Por lo visto, las mujeres carecían de derechos y, por si eso fuera poco, todo el mundo estaba sometido a un hombre cuya palabra era la ley.

Fuera como fuera, Molly no iba a olvidar el asunto. Ella no era ciudadana de Djalia; era británica, y el delito se había cometido en su país. En cuanto volviera a su hogar, iría a una comisaría y denunciaría el caso sin que Azrael pudiera hacer nada al respecto, porque no tenía ningún poder en Gran Bretaña.

Más animada, sorprendió a Gamila con una sonrisa cuando entró en la habitación con su ropa, que habían lavado. Molly le dio las gracias, entró en el cuarto de baño y se puso la ropa interior, los vaqueros y el jersey que llevaba en Londres. Pero el sudor la obligó a asumir que su ropa invernal era totalmente inadecuada para el clima del desierto, y no tuvo más remedio que desnudarse otra vez y volver a ponerse el vestido.

Minutos después, abrió la puerta de la habitación y salió a un corredor que daba a una antigua escalera semicircular. Estaba en lo que parecía ser una torre y, al llegar abajo, se encontró con una guardia de soldados que la miraron de un modo inquietante. Molly se quedó helada, y solo se sintió un poco mejor cuando se le acercó un hombre delgado y menudo que preguntó con cortesía:

–¿Le puedo ser de ayuda, señorita Carlisle?

–Me gustaría hablar con Azrael. Quiero volver a casa.

–Por supuesto. Tenga la bondad de seguirme –dijo el hombre–. Me llamo Butrus. Trabajo para el rey.

–¿El rey? –preguntó Molly, sorprendida.

–Sí, Su Majestad el rey Azrael de Djalia –proclamó con orgullo–. Nuestro glorioso líder.

Molly habría soltado una carcajada al oír lo del «glorioso líder» si no se hubiera quedado absolutamente perpleja. ¿Azrael era el rey de Djalia? Ahora entendía que su retrato estuviera en la embajada de Londres. Pero ¿cómo era posible que Tahir no la hubiera informado de un detalle tan relevante?

Tras pensarlo un momento, se acordó de que Tahir no era de Djalia, sino de Quarein, un reino vecino. Evidentemente, no se lo había dicho porque Azrael no era rey de su país. Y en cuanto a ella, no había descubierto nada porque, cuando se metió en Internet para saber algo más de su alumno, buscó Quarein y no Djalia.

–No sabía que fuera el rey –replicó, admitiendo su ignorancia.

De repente, todo tenía sentido, desde la actitud arrogante de Azrael hasta su afirmación de que su palabra era la ley. Pero eso no cambiaba las cosas, aunque le podía ser de utilidad: siendo un hombre tan poderoso, podía lograr que volviera a Londres de inmediato. Y tenía que volver a Londres. Su abuelo la necesitaba. Ella era su única familia y, en consecuencia, la única persona que se preocupaba verdaderamente por él.

Capítulo 2

AZRAEL se maldijo para sus adentros cuando Butrus apareció con Molly Carlisle en la biblioteca de su fortaleza del desierto, uno de los pocos lugares donde podía encontrar un poco de paz y tranquilidad. No tenía ganas de hablar con ella. Él no tenía la culpa de lo que le había pasado. Pero respiró hondo y se recordó las obligaciones que había contraído al asumir la jefatura de Djalia.

Le gustara o no, debía encontrar la forma de aplacarla, aunque le costara una fortuna. No le agradaba la idea de pagar por su silencio. No le parecía ético. Pero Butrus tenía razón cuando afirmaba que, a veces, solo se podía elegir entre dos males, y que entonces no quedaba más remedio que optar por el mal menor.

En cualquier caso, todo habría sido bastante más fácil si la víctima de Tahir no hubiera sido una mujer increíblemente atractiva. Además, llevaba tanto tiempo sin hacer el amor que ya no se acordaba de la última vez. La corona lo había condenado a una vida de celibato. No era una obligación legal, pero él se la había impuesto porque no quería que la gente lo tomara por otro Hashem, quien se había hecho famoso por sus líos de faldas.

Azrael solo tenía una forma de dar rienda suelta a

su naturaleza sensual: viajar al extranjero, a cualquier sitio donde no lo conocieran. Desgraciadamente, su agenda era tan apretada que no se podía tomar ni unas simples vacaciones y, al final, había terminado por asumir lo inevitable y retirarse a su fortaleza cuando ya no podía más.

Lo último que necesitaba en tales circunstancias era una mujer increíblemente tentadora cuyo vestido disimulaba muy poco sus curvas. Tenía una figura que habría vuelto loco al más sensato de los hombres, y una boca tan sensual que hasta un santo se habría sentido tentado por ella.

Y él no era ningún santo.

Era un hombre al que le gustaban las mujeres, un hombre con necesidades y deseos, un hombre con una libido desesperada.

Molly supo que estaba enfadado en cuanto lo vio. Tenía el ceño fruncido, lo cual no restaba un ápice a su apabullante belleza masculina. De hecho, lamentó que llevara cubierta la cabeza, porque ardía en deseos de saber si su pelo era tan oscuro como el de Tahir. Le gustaba mirarlo. No lo podía negar. Pero se dijo que era un vicio inocente, que no significaba nada en absoluto. A fin de cuentas, ni siquiera se habían caído bien.

–Le ruego que me disculpe si mis palabras de hace un rato le ofendieron –dijo ella, decidida a suavizar las cosas.

Azrael sonrió. Estaba acostumbrado a distinguir la falta de sinceridad, y Molly acababa de impartir una lección en dicho sentido. Su voz decía una cosa y sus ojos, otra muy diferente. Pero dio por buenas sus disculpas porque estaba tan interesado como ella en resolver el problema.

–Ya está olvidado –replicó–. ¿En qué la puedo ayudar?

–Quiero volver a casa tan pronto como sea posible.

Él arqueó una ceja.

–¿Ya no quiere denunciar a Tahir?

–Yo no he dicho eso. Pero he llegado a la conclusión de que debería denunciar el delito en el lugar donde se produjo, en Londres.

–Preferiría que no lo denunciara.

Molly se echó el cabello hacia atrás.

–¿Por qué? Usted no ha tenido nada que ver en el asunto, ¿verdad?

–No, no he tenido nada que ver, pero el delito se produjo en la embajada de mi país; además, lo cometió mi propio hermanastro y, por si eso fuera poco, involucró a un funcionario y a un criado de palacio, que lo ayudaron con el secuestro –contestó–. La reputación de Djalia y la mía propia están en juego.

–¿Cómo me trajeron a su país? –preguntó ella con inseguridad.

–Las mujeres de Quarein, el reino donde nació Tahir, están obligadas a llevar velo. Le pusieron uno, la sentaron en una silla de ruedas y la llevaron al aeropuerto, donde nadie hizo preguntas porque mi hermanastro tiene estatus diplomático. Por suerte, Tahir utilizó el avión privado de su padre, el príncipe Firuz, soberano de Quarein; y, cuando la azafata se dio cuenta de lo que pasaba, llamó a Firuz, quien me informó a mí.

–Comprendo...

–La azafata estaba tan preocupada por usted que no se apartó de su lado –continuó Azrael–. Puede tener la seguridad de que nadie le hizo nada durante el viaje. No estuvo sometida a ningún tipo de abuso.

Molly se sintió aliviada. Se encontraba perfectamente bien, pero siempre existía la posibilidad de que le hubieran hecho algo mientras estaba inconsciente, y su temor se difuminó.

–Menos mal –dijo ella en voz baja.

Sus palabras sonaron tan débiles que Azrael deseó acercarse y darle un poco de afecto.

–Soy consciente de que ha sufrido una experiencia traumática, y lamento mucho que el causante sea un miembro de mi propia familia. Pero le aseguro que los culpables recibirán su castigo. El funcionario y el criado que ayudaron a Tahir están bajo arresto; y en cuanto al propio Tahir, su destino será peor. El príncipe Firuz está horrorizado por lo que hizo.

–La indignación de ese hombre no significa nada para mí.

–Pues debería, porque las leyes de Quarein son mucho más estrictas que las nuestras. Allí ejecutan a la gente que comete ese tipo de delitos.

–¿Y aquí no? –preguntó Molly sin pensar.

–Aquí se ha ejecutado a demasiada gente. Durante el régimen de Hashem, se ejecutaba a cualquiera por cualquier cosa –respondió Azrael con gravedad–. Era un sistema absolutamente inhumano.

Molly se sintió avergonzada de lo que había dicho, y replicó con rapidez:

–Bueno, eso no es asunto mío. Yo solo quiero volver a casa.

Azrael decidió ser completamente sincero con ella.

–No puedo liberarla para que vuelva a Londres y denuncie a Tahir. Haré todo lo que esté en mi mano para impedirlo. La imagen de Djalia quedaría dañada si se llegara a saber.

–Entonces, ¿soy su prisionera?

–No está presa, señorita. Sencillamente, tengo intención de arreglar este asunto antes de que regrese a su país.

–¿Y cómo piensa arreglarlo? –dijo Molly, clavando en él sus ojos.

–Con una indemnización generosa a cambio de su silencio.

Molly se quedó atónita.

–¿Me está ofreciendo dinero a cambio de que me calle?

–A cambio, no. En compensación –respondió él.

A decir verdad, Azrael también estaba espantado con la idea de pagarle. La había asumido a regañadientes, después de que Butrus le convenciera de que era la única solución posible. Y la justa indignación de Molly hizo que le gustara un poco más.

Sin embargo, no quería sentir nada por ella. Había grandes posibilidades de que aceptara la novia de Quarein que su padrastro había sugerido y se casara con ella en unos pocos meses. Nasira era sobrina del príncipe Firuz, y aunque Azrael no la había visto desde la infancia, sabía que siempre había sido obediente y devota.

Al pensarlo, se preguntó por qué no podía sentirse atraído por una mujer con semejantes virtudes. Habría sido bastante más fácil para él; sobre todo, porque la tradición de Quarein exigía que no viera a Nasira hasta el día de la boda, lo cual implicaba que se casaría con ella sin conocer siquiera su aspecto. Pero no quiso darle demasiadas vueltas.

–¡Quiero justicia, no dinero! –protestó Molly.

–Una ambición muy digna para un mundo ideal. Desgraciadamente, este no es un mundo ideal –observó Azrael.

–Será lo que sea, pero mi deseo de hacer justicia es mucho más intenso que mi interés por el dinero. Y no soy una mujer que perdone con facilidad.

–Con todos los respetos, debería considerar seriamente mi oferta. Si se niega, volveremos a un punto muerto y, como usted misma ha dicho, quiere volver a su casa.

Molly estuvo a punto de perder los papeles. La habían drogado, la habían secuestrado y la habían llevado a otro país, pero Azrael pretendía que renunciara a su deseo de justicia y aceptara un puñado de billetes. ¿Cómo se atrevía a ofenderla de esa manera? Ella no estaba en venta. Tenía dificultades económicas y, por supuesto, el dinero le habría venido bien; sobre todo, en lo tocante al cuidado de Maurice. Pero era una cuestión de principios.

–Quiero que ese hombre reciba un castigo por lo que ha hecho –insistió, alzando la voz–. ¡No me conformaré con menos!

–Lamento que diga eso –replicó Azrael, cansado de que le gritara.

–Y yo lamento que usted sea rey y no distinga la diferencia entre lo que está bien y lo que está mal.

Molly lo dijo con tanto desprecio y recriminación

que Azrael tuvo que echar mano de toda su paciencia para no estallar.

Sin embargo, estaba acostumbrado a refrenarse. Lo había aprendido en la adolescencia, cuando lo azotaron y humillaron por un delito del que era inocente. Había aceptado la pena con la entereza de un adulto, porque era la única forma de proteger a su madre y, de paso, de proteger a su país. Además, las palabras no significaban nada; y mucho menos, las de una mujer que desconocía los sacrificios que había hecho a lo largo de su vida.

Enrabietada, ella salió de la habitación y corrió hacia la escalera, donde un mareo repentino le recordó que llevaba mucho tiempo sin comer. Afortunadamente, Gamila apareció con otra bandeja y, esa vez, Molly aceptó la comida. Azrael no tenía intención de drogarla o envenenarla; solo intentaba impedir que volviera a Inglaterra y denunciara a su hermanastro, convencido de que el tiempo jugaba a su favor.

En cambio, ella no podía decir lo mismo. Su ausencia le habría costado ya el empleo de camarera, por la simple y evidente razón de que no se había presentado a trabajar. Y, mientras lo pensaba, cayó en la cuenta de que nadie la echaría en falta. Ni siquiera Jan.

Molly estaba segura de que su amiga la llamaría por teléfono para interesarse por ella, pero también lo estaba de que llegaría a la equivocada conclusión de que había encontrado un empleo mejor pagado y había dejado la empresa de limpieza. Además, su relación no era tan estrecha como antes. Ella había estado tan ocupada que no podía salir con nadie y, en cuanto a Jan, acababa de dar a luz.

Cuando terminó de comer, volvió a sopesar sus opciones. No tenía demasiadas. La habían secuestrado y la habían llevado a un país extranjero, donde se dedicaba a discutir a viva voz con el mismísimo rey. Desde luego, no era la mejor forma de hacer amigos. Pero la víctima era ella, y estaba decidida a obtener justicia. Si Azrael se negaba a dejarla en libertad, se marcharía por sus propios medios y denunciaría a Tahir cuando llegara a Londres.

Por supuesto, no podía llegar a Londres sin llegar antes al aeropuerto, pero supuso que el aeropuerto estaría cerca de allí. Por lo que sabía, Djalia era un país pequeño y, por otra parte, no la podrían haber llevado a la fortaleza en tan poco tiempo si hubiera estado a una distancia considerable.

Tras reflexionar al respecto, tomó la decisión de huir. No iba a dejar su destino en manos de Azrael. Molly no había hecho nada malo, pero eso no significaba que él la creyera. Siendo tan poderoso, sabría que muchas mujeres habrían hecho cualquier cosa por echar al lazo a un hombre rico como Tahir, y llegaría a la conclusión de que había intentado seducirlo y de que ella misma se había buscado su desgracia.

Azrael no podía saber que estaba lejos de ser una seductora. De hecho, tenía muy poca experiencia en materia de hombres, mucha menos que la inmensa mayoría de las mujeres de su generación. ¿Se habría dado cuenta de que Tahir era peligroso si hubiera estado acostumbrada a las cosas del amor? ¿Habría podido esquivar la amenaza?

Molly se lo preguntaba una y otra vez, sin encontrar nunca respuesta. Al fin y al cabo, no había tenido tiempo de explorar el mundo de la sexualidad. Su experiencia amorosa se limitaba a los típicos escarceos de adolescencia y a un joven con el que había mantenido una relación después de que Maurice cayera enfermo.

Sin embargo, su relación había durado poco. Molly no lo encontraba físicamente atractivo y, cuando él le propuso que hicieran el amor, ella lo rechazó y puso fin al noviazgo. No podía seguir con alguien que ni siquiera le gustaba lo suficiente para despertar su interés por el sexo. Incluso había llegado a pensar que el sexo no le interesaba, aunque ese temor desapareció cuando vio a Azrael por primera vez.

¿Qué pensaría el rey de ella? ¿Le gustaría su aspecto? ¿Le parecería sensual?

Molly sacudió la cabeza e intentó convencerse de que no le importaba. Además, tenía problemas más urgentes.

Mientras repasaba su plan de fuga, se acordó de los soldados de la escalera y llegó a la conclusión de que sería mejor que esperara hasta la noche, cuando todos estuvieran dormidos. Había tenido la precaución de guardarse la botella de agua que le había llevado Gamila, porque no era tan tonta como para creer que podía sobrevivir en el desierto sin beber nada. Sin embargo, aún faltaba lo más importante: localizar un camino que pudiera seguir.

Molly se acercó a la ventana y se quedó allí un par de horas, examinando el paisaje. No vio ninguna carretera, pero se fijó en que los vehículos que iban y venían entre las dunas iban siempre por el mismo sitio, lo cual le produjo una enorme satisfacción. Solo tenía que seguir sus rodadas, llegar a la civilización y recuperar su libertad.

–El padre de Tahir le impondrá un castigo feroz –dijo Butrus al monarca–. El príncipe Firuz es un hombre severo.

–Lo sé –replicó Azrael–. ¿Olvidas que Firuz es mi padrastro?

Pocos años después de que el padre de Azrael fuera ejecutado en Djalia, su madre regresó a Quarein y se casó con Firuz, con quien tuvo un hijo, Tahir. Azrael sabía que se había casado con él por razones políticas, pero también por un motivo que provocaba en él un sentimiento de culpabilidad: para asegurar la posición de su primer vástago.

Fuera como fuera, Azrael había tenido que hacer un esfuerzo sobrehumano para tolerar el carácter duro e inflexible de Firuz, que él mismo había sufrido. De hecho, sintió lástima de su hermanastro, consciente de lo que le esperaba.

–Terminará bajo el látigo –declaró Butrus, estremecido–. Debería decírselo a la señorita Carlisle. Dígale que pagará por su estupidez. Su padre no es un hombre que perdone con facilidad.

–Lamentablemente, Tahir ha cometido algo más que una estupidez. Ha cometido un delito –le recordó Azrael–. Y no me había sentido tan sucio en toda mi vida. Es la primera vez que amenazo a una mujer.

–Nuestro país está por encima de todo, Majestad

–dijo su consejero en voz baja–. Además, la vida nos obliga a tomar decisiones que no queremos tomar. A veces no tenemos más remedio que elegir entre dos males.

Azrael se excusó y se retiró a sus habitaciones. Sabía que Butrus estaba en lo cierto, pero su corazón opinaba lo contrario. Siempre había sido un hombre honrado, y su orgullo y su sentido de la justicia se rebelaban de tal manera contra la supuesta necesidad de extorsionar a Molly Carlisle que se sintió culpable.

Una hora antes del alba, Molly se puso el vestido, salió del dormitorio y se dirigió a la escalera con las zapatillas en la mano, para no hacer ruido. Llevaba la botella de agua y el protector de labios que tenía en los vaqueros cuando la secuestraron en Londres. Incluso tuvo la precaución de llevarse una de las toallas del cuarto de baño, consciente de que no podía andar por el desierto sin cubrirse la cabeza.

El piso inferior estaba casi desierto. Solo había un soldado, fumándose un cigarrillo. Molly se ocultó en las sombras, esperó a que el soldado se alejara y, cuando el camino quedó expedito, tomó el siguiente tramo de escaleras. No parecía que hubiera más guardias, aunque aún tenía que encontrar la forma de salir de la fortaleza.

Instantes después, se encontró en un patio con unas grandes puertas de hierro forjado.

Molly miró uno de los todoterrenos que estaban aparcados y se preguntó cuál sería la pena en Djalia por robar un coche. Pero ¿debía robar uno? ¿No llamaría la atención cuando encendiera el motor? Además, no estaba acostumbrada a conducir por las dunas, lo cual aumentó su inseguridad.

Tras sopesarlo unos segundos, decidió olvidarse del coche y seguir su aventura a pie. Luego, avanzó cautelosamente entre los vehículos, asegurándose de que nadie la veía y, cuando llegó a la puerta, tiró de ella con todas sus fuerzas.

La puerta soltó un chirrido, pero se abrió. Y ella salió corriendo tan deprisa como pudo.

Capítulo 3

MOLLY siguió las rodadas de los coches hasta lo alto de una duna, preocupada ante la posibilidad de que la localizaran en cualquier momento. Corría con desesperación, y no solo por miedo a que la descubrieran, sino también por el frío. La temperatura nocturna era mucho más baja de lo que había pensado.

Por suerte, Molly salía a correr con frecuencia, así que estaba en buena forma. Pero correr con un vestido largo no era tan fácil como correr con pantalones, y estuvo tentada de subírselo hasta la cintura para evitarse el problema. Al fin y al cabo, no había nadie que la pudiera ver. Sin embargo, rechazó la idea porque le pareció que, en un país como Djalia. no serían muy tolerantes con una mujer que iba por ahí en ropa interior.

Las rodadas desaparecieron misteriosamente al amanecer, cuando el sol iluminó el paisaje sobre el que antes solo brillaba la luna. Molly echó un vistazo a su alrededor, buscando puntos de referencia, pero solo había una interminable sucesión de dunas.

Frustrada, subió con dificultad a una de las imponentes masas de arena y se dirigió hacia una planicie rocosa con pequeñas islas de vegetación. De vez en cuando, se detenía y escuchaba un rato, esperando oír algún sonido que indicara la presencia de una ciudad o una carretera. Pero solo oía la brisa y los latidos de su propio corazón.

En cambio, la fortaleza no estaba precisamente silenciosa. Mientras ella echaba sorbitos de agua para no gastarla, Azrael pegaba gritos que dejaron asombrado a Butrus porque era la primera vez que el rey perdía los papeles delante de él.

–¿Cómo ha podido ser tan estúpida? –exclamó al saber lo sucedido–. ¡Estamos en mitad de un desierto de cientos de kilómetros!

–Pero la señorita Carlisle no lo sabe –dijo su asesor–. Con un poco de suerte, se cansará y volverá a la fortaleza. Incluso es posible que solo haya salido a dar un paseo.

–¿Un paseo? –dijo Azrael con incredulidad–. ¡Se ha fugado! Esa mujer es tan obstinada como una mula. ¡Se ha fugado porque le dije que no se podía marchar!

–Me preocupa que haya podido salir sin que ninguno de los guardias reparara en ella –intervino Halim, el comandante de la guardia de Azrael–. Cuando encontremos a esa mujer, abriremos una investigación. Si alguien puede salir con tanta facilidad, también podría entrar y atentar contra la vida de Su Majestad.

–¡Su Majestad es muy capaz de defenderse a sí mismo! –bramó Azrael–. Iré a buscarla ahora mismo.

–No me parece aconsejable... –protestó Butrus.

–¡Pues no lo será, pero nadie conoce esta zona mejor que yo!

–El servicio meteorológico ha anunciado una

fuerte tormenta de arena –le recordó Halim–. Sería arriesgarse sin necesidad. Todos los guardias la están buscando.

Azrael no les hizo caso. Se sentía personalmente responsable de su desaparición, y sabía que, si le pasaba algo malo, no se lo perdonaría en toda su vida. Además, no había exagerado al afirmar que conocía la zona mejor que nadie. Había crecido allí y, por si eso fuera poco, era un excelente rastreador.

Tras ponerse una túnica de color azul oscuro, típica de los nómadas del desierto, se negó a que Halim lo acompañara porque no estaba en condiciones físicas de afrontar una larga cabalgada. El comandante de la guardia había pisado una mina durante la revuelta contra Hashem, y había quedado parcialmente incapacitado.

–No debería arriesgarse tanto –insistió Butrus, quien siguió a su rey hasta los establos–. ¿Qué le pasará a nuestro país si sufre algún accidente? ¿Debo recordarle que se comprometió ante el Consejo de Estado a no correr riesgos personales?

–No digas tonterías, Butrus. Esto es una emergencia –replicó Azrael–. Y puestos a recordar, te recuerdo que estuve en las Fuerzas Especiales del Ejército. El desierto no tiene nada de lo que no me sepa defender.

–Esa mujer no merece que arriesgue su vida por ella...

–Ninguna vida vale más que otra. Me lo enseñaste tú.

–Pues me equivoqué –dijo Butrus, preocupado.

Azrael no esperó más. Montó rápidamente y salió de la fortaleza al galope.

Mientras tanto, Molly empezaba a comprender que

había cometido un error muy grave. Al llegar al final de la planicie, estaba tan agotada que casi no podía caminar. El calor era insoportable, y la arena quemaba incluso a través de las zapatillas.

Por fortuna, encontró una formación de rocas que proyectaban una sombra suficiente para protegerse del implacable sol. Pero no encontró nada más. El agua se le estaba acabando y, para empeorar las cosas, ni siquiera podía volver sobre sus pasos. El viento había borrado sus huellas.

Desesperada, se preguntó cómo era posible que hubiera sido tan estúpida. Estaba perdida en el desierto, lejos de la civilización. Y, aunque su plan hubiera tenido éxito, ¿qué habría hecho al llegar al aeropuerto de Djalia? ¿Cómo se las habría arreglado para subir a un avión sin dinero ni pasaporte?

La preocupación de Molly aumentó considerablemente cuando un bicho con demasiadas patas apareció de repente ante ella y huyó a toda prisa, asustado por su reacción de pánico. Para entonces, ya había descubierto que el desierto no era un lugar vacío, sino el hogar de un montón de criaturas horrorosas que se escondían en los lugares más inesperados. Pero los insectos y las serpientes le daban menos miedo que su situación.

Estaba mareada, y no podía pensar con claridad. Además, le dolía la cabeza, y su brazo derecho había desarrollado una especie de temblor que la sacaba tanto de quicio como el propio Azrael, el hombre que la había metido en aquel lío, el hombre que la había forzado a tomar una decisión estúpida, el hombre que la había intentado comprar.

Ya al borde del desmayo, pensó que Maurice la echaría de menos si moría en Djalia, aunque la confundiera con su madre, Louise, de la que ella no recordaba casi nada. Al fin y al cabo, era la única persona que la quería de verdad. Su padre se había negado a protegerla de su segunda mujer, su madrastra la odiaba, Tahir la había secuestrado y, en cuanto a Azrael, estaba segura de que la despreciaba.

Pero ¿por qué pensaba en él constantemente? Pasara lo que pasara, su mente volvía una y otra vez al poderoso y atractivo rey.

Y justo entonces, oyó un ruido.

Molly alzó la cabeza y, al ver al jinete que cabalgaba hacia la estribación rocosa, sintió lástima del pobre caballo. En su estado semiinconsciente, no se le ocurrió otra cosa que preocuparse por el animal, pensando que tendría tanto calor como ella.

–Estúpida, estúpida mujer...

Molly reconoció la voz enseguida, y se sintió inmensamente aliviada. Era Azrael. La había encontrado. Estaba a salvo.

Sin embargo, Azrael no estaba contento en absoluto. La tormenta de arena se acercaba a toda velocidad, y ya se veía en el horizonte. Los fuertes vientos debían de haber derribado el repetidor, porque su teléfono había dejado de funcionar poco después de que llamara a Butrus para decirle que había encontrado el rastro de Molly. Y estaban a tanta distancia de la fortaleza que la tormenta los alcanzaría por el camino si intentaban volver.

¿Cómo era posible que aquella mujer hubiera llegado tan lejos?

Azrael no se lo explicaba. Había recorrido varios kilómetros por una de las zonas más inhóspitas de la Tierra, y los había recorrido sin ropa adecuada, sin calzado adecuado y sin otro equipo que una toalla que se había puesto en la cabeza para protegerse del sol.

Molly Carlisle podía estar loca, pero no había podido negar que era una mujer tan fuerte como valiente.

–Toma. Bebe un poco –dijo, tuteándola por primera vez.

Azrael le acercó una botella de agua, esperó a que echara un par de tragos y se la quitó porque sabía que, si bebía demasiado, le sentaría mal. Luego, la levantó del suelo, la envolvió en su capa y clavó la vista en su nariz, frunciendo el ceño.

–¿Qué ocurre? –preguntó ella, casi sin voz.

–Que te has quemado la nariz.

–No me digas que parezco Rudolph...

–¿Quién es Rudolph? –se interesó él mientras la sentaba en el caballo.

–El reno de Papá Noel –contestó Molly, haciendo un esfuerzo por vocalizar y pensar al mismo tiempo–. No me gustas nada, ¿sabes?

–Deja de hablar. Ahorra tus fuerzas.

Molly se preguntó a qué fuerzas se referiría, porque no le quedaba ninguna. Y acto seguido, pensó que tampoco le gustaban los caballos.

–Los caballos apestan –dijo.

Azrael alzó la vista al cielo, montó detrás de ella y tiró de las riendas de Spice, quien los llevó hasta la cueva donde su madre y él se habían escondido durante su infancia, cuando los soldados de Hashem los perseguían.

–No lo has hecho del todo mal para ser de ciudad –declaró–. Ha sido una verdadera temeridad, pero has llegado muy lejos.

–Cállate –protestó ella.

Azrael sonrió y dijo con ironía:

–No hay nada como un público entregado.

–Butrus te tiene por una especie de dios. Cree que caminas sobre las aguas, «oh, glorioso líder» –se burló Molly.

–Pues se equivoca. Soy un hombre normal y corriente.

Molly cerró los ojos y pensó que no tenía nada de normal y corriente. La había salvado de morir en el desierto y, por muy irritante que le pareciera, estaba en deuda con él.

–Gracias, Azrael.

Un segundo después, se desmayó.

Cuando recuperó la consciencia, descubrió que estaba en lo que parecía ser un baño de agua helada. De hecho, la sintió tan fría que hizo un esfuerzo e intentó salir de la bañera.

–No –dijo una voz familiar–. Tienes que quedarte dentro para bajarte la temperatura.

Molly pensó que estaba soñando. En el desierto no había agua y, si la había, no podía haber la cantidad suficiente para darle un baño.

En su confusión, solo fue vagamente consciente del momento en que Azrael la tomó en brazos, la tumbó sobre algo blando y llevó una botella de agua a su boca.

El fresco líquido la despabiló un poco, aunque no tanto como lo que vio a continuación: el potente y moreno cuerpo desnudo del rey de Djalia, toda una sinfonía de músculos perfectos, espalda ancha, nalgas duras y piernas largas.

Avergonzada, Molly volvió a cerrar los ojos. Se sentía una especie de mirona perversa, que aprovechaba el descuido de un hombre para admirar su anatomía. Pero, a pesar de ello, pensó que Azrael era magnífico.

Mientras ella intentaba no mirarlo, él se metió en la laguna de la cueva donde estaban. Se había excitado de tal manera que casi le dolía, y no era para menos. Antes de sumergir a Molly en el agua, le había tenido que quitar el vestido; pero, como era un caballero, le había dejado el sujetador y las braguitas. ¿Quién se iba a imaginar que el corchete del sujetador se engancharía en la maldita toalla y se rompería?

Tras forcejear brevemente con el cierre, se dio cuenta de que estaba roto y de que no tendría más remedio que quitarle la prenda, cosa que hizo. Y al ver aquellos pechos exquisitos, de pezones suculentos, estuvo cerca de perder su control emocional.

Azrael apretó los dientes y cruzó los dedos para que la frialdad del agua atenuara su excitación. Afortunadamente, no había hecho nada de lo que se pudiera arrepentir. Molly Carlisle estaba a salvo con él. Pero él no estaba tan a salvo, porque el recuerdo de sus pechos era muy difícil de borrar.

Molly se despertó en un lugar oscuro, que no reconocía. Sobresaltada, miró a su alrededor y cayó en la cuenta de que no estaba en un edificio, sino en una cueva con una pequeña laguna junto a la que brillaba un antiguo y oxidado farol: la luz que le había permitido ver el cuerpo desnudo del rey de Djalia.

Parpadeó, se sentó y casi se llevó una sorpresa al comprobar que no le había pasado nada. Su desastrosa experiencia en el desierto no le había dejado huella alguna, y fue consciente de que era gracias a Azrael.

¿Le había dado las gracias? No estaba segura, pero se merecía que se las diera. Había salido a buscarla y la había rescatado.

Justo entonces, se dio cuenta de que su sujetador había desaparecido. Estaba tumbada en una especie de alfombra, y tapada con su propio vestido; pero el vestido se le había caído al incorporarse, así que se lo puso rápidamente y se levantó.

Azrael, que había encendido un fuego, se encontraba en el extremo contrario de la cueva, de espaldas a ella. Molly se calzó y avanzó por el arenoso suelo de la caverna, extrañada por el ruido sordo que sonaba de fondo.

–¿Qué es lo que suena?

–La tormenta de arena –contestó Azrael–. Es una suerte que te haya encontrado antes de que nos alcanzara. Pero no podremos volver a la fortaleza hasta que pase.

–¿Tan peligrosas son?

–Algunas, sí. No te recomiendo que salgas.

Molly pasó junto al nervioso caballo negro de Azrael y se asomó a la entrada de la cueva. El cielo se había oscurecido tanto que parecía de noche. Soplaba un viento feroz, y había tanta arena en el ambiente que se le metió en la boca y los ojos antes de que pudiera retroceder y volver sobre sus pasos.

–¿No me lo podías haber advertido? –protestó ella, tosiendo.

Azrael la miró con humor y le pasó la botella de agua, de la que Molly bebió ansiosamente.

–Te he dicho que no salgas, pero has salido de todas formas. Empiezo a creer que eres de las que tienen que ver las cosas con sus propios ojos. No haces caso a nadie.

Molly se sentó al otro lado de la hoguera y asintió a su pesar. Era muy obstinada. Si no lo hubiera sido, no habría terminado en esa situación.

–Me he acostumbrado a hacer las cosas por mi cuenta –dijo, justificándose–. Vivo sola.

–¿No tienes familia?

–No. Bueno, tengo un abuelo, pero padece de demencia senil. Está en una residencia de ancianos porque no puedo trabajar y cuidar de él al mismo tiempo –le explicó–. Mi madre murió cuando yo era muy pequeña y mi padre, hace unos años. ¿Y tú? ¿Tienes familia, al margen de Tahir?

–Mis padres también han muerto. Tengo al padre de Tahir, que fue mi padrastro, pero Firuz y yo rompimos nuestra relación tras el fallecimiento de mi madre, aunque intento llevarme bien con él. A fin de cuentas, es el jefe de Estado de un país vecino... De un país muy diferente a Djalia, lo cual complica las cosas.

–¿En qué sentido?

–Quarein está en plena involución política. Los derechos civiles se han restringido tanto que muchas personas cruzan la frontera para pedir asilo en Djalia –respondió Azrael–. Huelga decir que el príncipe Firuz desaprueba ferozmente nuestra actitud al respecto, pero me comprometí a defender los derechos del pueblo cuando accedí al trono, y eso incluye los derechos de los refugiados.

–La tolerancia es una buena política –comentó Molly.

–Sí, aunque todo tiene su precio. Todas las acciones provocan una reacción, y no es siempre la que tú quieres.

–Supongo que son cosas del poder. Tiene su lado malo.

–Desde luego que lo tiene. Mucho trabajo y poca diversión –admitió Azrael–. Además, estoy constantemente preocupado por la posibilidad de cometer un error que dañe los intereses de Djalia.

–Y por si tuvieras pocas preocupaciones, Tahir me drogó y me trajo aquí...

Azrael asintió, con expresión sombría. La luz de la hoguera daba un tono brillante a su negro cabello, y aumentaba la belleza de sus altos pómulos. Pero estaba tan serio, tan increíblemente serio, que Molly se sintió frustrada. ¿No estaba nunca contento?

–Sonríe, por favor –le urgió.

–¿Que sonría? –dijo él, desconcertado–. No tengo motivos para sonreír.

Molly soltó una carcajada.

–Mira que eres negativo. Piensa en lo que ha pasado... Podría haber muerto en esa tormenta de arena, pero tú me rescataste, razón por la cual te estoy inmensamente agradecida. Yo estoy bien, tú estás bien, los dos estamos bien. Y, por otra parte, esta cueva es muy bonita –dijo con humor–. Tienes montones de motivos para sonreír.

–¿Me estás agradecida? ¿Tanto como para renunciar a la idea de denunciar a Tahir? –le preguntó él directamente.

La sonrisa de Molly desapareció.

–No. Lo siento mucho, pero no –replicó–. Además, tu pregunta ha sido profundamente injusta. Te has aprovechado de que he bajado la guardia para intentar ser amable.

–Sí, reconozco que tienes razón –dijo él–. Siempre estoy interpretando el papel de rey. Soy incapaz de hablar extraoficialmente.

–Eso no es sano –afirmó Molly.

–Puede que no lo sea, pero es así –replicó Azrael, mirándola con frialdad–. Soy quien soy, y no puedo dejar de serlo cuando me convenga. Todo lo que hago tiene consecuencias políticas, consecuencias de las que debo responder.

Molly sacudió la cabeza.

–Ya que eres sincero conmigo, seré sincera contigo. Me disgusta profundamente que te pongas del lado de tu hermanastro –dijo–. Yo no me he buscado esta situación. La buscó él. Fue él quien planeó un secuestro.

Azrael se levantó tan súbita y bruscamente que ella parpadeó, sobresaltada. Sin embargo, su sobresalto se convirtió en admiración mientras observaba sus movimientos felinos, cargados de energía.

–No es el lugar ni el momento para hablar de eso –bramó él.

Molly también se levantó; pero, a diferencia del rey, tuvo que apoyarse en una roca para incorporarse. Y se sintió ridículamente torpe en comparación.

–Hablaré de lo que quiera y cuando quiera –replicó.

Azrael se acercó al lugar donde había dejado el farol, lo recogió y lo dejó junto a la silla de montar, sin decir nada. Molly se quedó hechizada con la fluidez de su paso, tan grácil que no hizo el menor ruido.

–¿Me vas a ningunear? –continuó ella.

–No estoy de humor para discutir –contestó Azrael con impaciencia–. Quizá no lo recuerdes, pero estamos atrapados en esta cueva, y no podremos salir mientras dure la tormenta.

Ella frunció el ceño.

–Pues yo preferiría aclarar el ambiente.

Azrael se giró y caminó hacia Molly.

–No podemos aclarar nada si no estás dispuesta a hacer concesiones.

–¿Y por qué querría hacer concesiones?

Molly estaba harta de hacer concesiones. Su infancia y su adolescencia habían sido una secuencia continua de concesiones forzosas. Se había tenido que rendir ante la evidencia de la muerte de su madre, la indiferencia de su padre y los malos tratos de su madrastra sin poder hacer nada al respecto. Pero eso se había terminado. Ahora era una mujer adulta, y sus intereses eran lo primero. Salvo en lo tocante a Maurice.

–Será mejor que comas algo mientras lo piensas –dijo Azrael, sacando una barrita de chocolate–. Tienes que reponer fuerzas.

Los dedos de Azrael rozaron la palma de Molly

cuando le dio la barrita, y ella sintió un calor tan sensual que los pezones se le endurecieron al instante.

Era la primera vez que reaccionaba de esa manera ante el contacto de un hombre, y fue de lo más incómodo para ella. ¿Cómo era posible que se sintiera atraída por Azrael en semejantes circunstancias? Siempre había creído que el enfado era una defensa perfecta contra ese tipo de emociones. Pero se había excitado en medio de una discusión, y muy a su pesar.

Desconcertada, se apartó y abrió la barrita de chocolate, mirándolo aún por el rabillo del ojo. Azrael tomó las riendas del caballo y lo llevó a la laguna para que bebiera.

–¿Cómo se llama?

–Spice –contestó él, acariciando al animal–. Es el mejor caballo de mis establos.

–Nunca había estado tan cerca de un caballo –le confesó Molly–. Crecí en el campo, pero me daban tanto miedo que no me atrevía a acercarme a ellos.

–Acércate... Yo haré las presentaciones.

–No, prefiero quedarme donde estoy.

Azrael la miró con asombro.

–Te asusta un simple caballo, pero eres capaz de huir por el desierto sin temor alguno.

–Eso es distinto.

–¿Por qué?

–Porque la ignorancia es una bendición –dijo ella–. No sabía que el desierto fuera tan peligroso. Es la primera vez que estoy en el extranjero.

Azrael se quedó boquiabierto.

–¿No habías salido nunca de tu país?

–No tengo dinero para viajar –admitió a regañadientes–. Me gustaría mucho, pero tengo prioridades más importantes... Aunque supongo que tú no lo puedes entender. A fin de cuentas, eres un hombre tan rico como Tahir.

–Mi vida no se parece mucho a la de mi hermanastro. De hecho, estoy convencido de que, si Tahir hubiera pasado por lo mismo que yo, no sería tan irresponsable como es.

–¿Por lo mismo que tú? –se interesó ella.

–Puede que no me creas, pero sé lo que se siente al ser pobre. Mi madre y yo vivimos en esta cueva durante varios meses.

–¿En esta cueva? –preguntó ella, sorprendida–. ¿Por qué?

–Porque nos perseguían.

–¿Y quién os perseguía?

–Hashem –contestó Azrael–. Había ejecutado a mi padre, y quería separarme de mi madre. Pero ella no lo consintió y, a pesar de ser una princesa acostumbrada a vivir entre lujos, se sacrificó y me trajo aquí.

–¿No podía llevarte a otro sitio?

–Podría haber ido a Quarein, a la casa de su familia, pero tenía miedo de que el jefe de Estado de entonces nos extraditara a Djalia.

–¿Qué edad tenías?

–Diez años.

Azrael no hablaba nunca de aquella época; no necesitaba hablar de ello, porque todos los miembros de su círculo personal conocían la historia. Y se preguntó por qué se lo estaría contando a esa mujer.

Tras sopesarlo un momento, llegó a la conclusión de que se lo había dicho porque Molly Carlisle lo miraba con afecto y compasión, como si estuviera verdaderamente interesada. Pero había una pregunta más importante, para la que no encontró respuesta. ¿Por qué le importaba a él su reacción?

–Diez años... –repitió ella, horrorizada–. ¿Qué tipo de persona sería capaz de extraditar a un niño para entregárselo al hombre que ha ejecutado a su padre?

Azrael tragó saliva.

Hashem no me habría hecho nada. Era mi abuelo, el padre de mi padre. Me quería a su lado para nombrarme heredero.

Molly se quedó tan perpleja que tardó varios segundos en reaccionar.

–¿Era tu abuelo? ¿Y ejecutó a su propio hijo?

Azrael asintió con expresión sombría.

–Mi padre dirigió las fuerzas rebeldes antes de que yo lo sustituyera –contestó, intentando mantener el aplomo–. Pero esas fuerzas no estaban tan bien organizadas hace veinte años, así que no pudieron deponer a Hashem.

–Y tu padre pagó con su vida.

–En efecto. Hashem estaba tan obsesionado con el poder que mancilló el trono con un acto tan execrable como ese. Fue un verdadero dictador.

–Pero es evidente que el pueblo de Djalia no piensa lo mismo de ti –comentó ella–. De lo contrario, no serías rey.

–No, no lo sería –dijo él con gravedad–. Ni seguiría siéndolo si cometiera el error de traicionar su confianza.

Molly empezó a entender la posición de Azrael. Su hermanastro lo había puesto en una situación de la que podía salir muy malparado. Si se llegaba a saber lo que había hecho, el escándalo internacional pondría en peligro la estabilidad de Djalia y, en consecuencia, también el trono.

–La droga que me dio podría haber dejado secuelas. Podría haber resultado herida. Podrían haber pasado muchas cosas.

–Pero, afortunadamente, no te ha pasado nada –dijo él.

–Aun así, quiero que pague por lo que ha hecho.

–Y yo estaría de acuerdo contigo si estuviéramos hablando de un hombre adulto, pero no lo es –replicó él.

Molly frunció el ceño.

–¿Qué quieres decir con eso de que no es un hombre adulto? ¡Claro que lo es! ¿Cuántos años tiene? ¿Veintidós? ¿Veintitrés?

Azrael la miró con desconcierto.

–¿Es que no lo sabes? ¿Cómo es posible que no te hayas dado cuenta? Tahir solo tiene dieciséis años.

–¿Dieciséis? –dijo Molly con incredulidad–. ¡Es imposible! ¿Me ha raptado un adolescente?

–Vaya, es cierto que no lo sabías... –declaró él, más sorprendido que ella.

–¡Por supuesto que no! –exclamó, sacudiendo la cabeza–. Se lo pregunté la primera vez que nos vimos, pero se mostró tan evasivo que no quise insistir. ¿Dieciséis años? No parece tan joven en absoluto.

–Puede que no, pero su inmadurez lo demuestra –dijo Azrael–. Eso no te habrá pasado desapercibido, ¿verdad?

–No, desde luego que no. Pero ¿cómo iba a saber

que es menor de edad? Es de un país tan distinto al mío que lo achaqué a nuestras diferencias culturales.

–Te aseguro que los ciudadanos de Djalia no son más inmaduros que los de Gran Bretaña –bramó él, molesto por su comentario.

–Oh, por Dios... Solo quería decir que carecía de los conocimientos necesarios para llegar a esa conclusión. No he viajado nunca al extranjero. No tengo experiencia en ese sentido –se defendió–. Pero te pido disculpas si te he ofendido.

–Disculpas aceptadas –dijo Azrael–. Por desgracia para todos, nadie sabía que Tahir fuera capaz de hacer una cosa así. Es un adolescente normal y corriente, de los que están locos por los coches y las chicas.

–No será tan normal cuando secuestra a una profesora inglesa que casi le saca siete años –replicó ella.

–Es evidente que no. Y reconozco que me siento culpable al respecto –dijo Azrael–. Quizá, si hubiera estado más tiempo con él... Nuestra madre murió el año pasado, y sé que lo pasó bastante mal.

–¡Me niego a oír su triste historia! –protestó Molly, frustrada–. No es justo que me la cuentes. La víctima soy yo. ¿Por qué me va a importar su estado emocional si a él no le importa el mío? ¡Tu hermanastro me secuestró!

–Como ya he dicho, este no es lugar para discutirlo –declaró Azrael con frialdad–. Y, por cierto, no me gusta que me griten.

Molly apretó los puños. Spice retrocedió, probablemente asustado por sus gritos y por el tono de su dueño, al que ella miró con cara de pocos amigos.

No tenía intención alguna de disculparse; especialmente, porque él seguía empeñado en decidir cuándo se podía hablar y cuándo no. Estaba harta de doblegarse a los demás, de guardarse sus opiniones e intentar encajar sin provocar conflictos. Lo había hecho con su madrastra, pensando que así se ganaría su afecto. Pero no había servido de nada. Ni siquiera había conseguido que fuera más amable con ella.

–Mis emociones no tienen control de volumen –se defendió–. No suelo ser tan arisca; pero, durante las últimas cuarenta y ocho horas, han pasado cosas que me han sacado de quicio. Es lógico que pierda los papeles.

Él se relajó un poco.

–Lo comprendo de sobra. Pero no toleraré que me grites.

Molly respiró hondo. Cuantas más veces le prohibía que gritara, más le apetecía gritar. Azrael era tan dominante que se sentía en la necesidad de llevarle la contraria.

–Y yo no voy a tolerar que me des órdenes. Lo creas o no, no soy de las que gritan sin motivo. De hecho, grito tan pocas veces que solo hay una explicación posible para mi actitud actual... La culpa la tienes tú que me enfadas y me pones agresiva.

De repente, Azrael sonrió. Y fue una sonrisa tan clara, luminosa y carismática que a Molly se le encogió el corazón. Estaba más guapo que nunca. Estaba irresistible.

–Vaya, ahora resulta que la culpa la tengo yo –dijo con humor.

Molly hizo un esfuerzo por apartar la vista de sus tentadores labios.

–Sí, efectivamente. Te encuentro de lo más irritante. Me dices lo que tengo que hacer, desprecias mis puntos de vista y te quedas helado cuando me enfado contigo. ¡Pero eres tú el que me enfada!

Azrael avanzó como un gato acercándose a su presa.

–Yo no suelo enfadar a la gente.

–Ni yo suelo gritar.

–¿No será que la estás tomando conmigo porque no tienes cerca a Tahir?

–¡No! –replicó ella–. ¿Por qué no me dijeron que es un adolescente? Parece mayor de edad. Alguien debería habérmelo dicho.

Azrael arqueó una ceja.

–Podrías haberlo preguntado. Cualquiera de los funcionarios de la embajada te habría sacado de dudas –observó él.

–No tenía motivos para sospecharlo. Y, de todas formas, eso no cambia nada –dijo ella, echándose el pelo hacia atrás–. ¿Qué podría cambiar? Joven o no, me ha drogado y me ha secuestrado. Ha cometido un delito de adultos.

Ni la propia Molly se tomó en serio lo que estaba diciendo. Al fin y al cabo, ella también había sido una adolescente, y sabía que los adolescentes cometían todo tipo de locuras.

A los catorce años, había estado a punto de fugarse con intención de llegar a Londres y sumarse a un grupo de rock; pero no tenía dinero ni para el billete de tren, así que acabó en casa de Maurice, quien la hizo entrar en razón y la llevó a casa de su padre. Al verla, su madrastra se lamentó de que hubiera vuelto.

Y, cuando Maurice y su padre discutieron, le echaron la culpa a ella.

Mientras rememoraba lo sucedido, Molly comprendió que no podía denunciar a Tahir. Aunque le hubiera dado un buen susto y la hubiera puesto en una situación peligrosa, solo era un chico de dieciséis años. Los adolescentes hacían estupideces todo el tiempo, y no quería arruinar su vida por un error de juventud.

Además, si acudía a la policía londinense y les contaba lo que Tahir había hecho, la prensa se enteraría y su cara acabaría en todos los periódicos y canales de televisión, provocando que la gente especulara al respecto y se preguntara si ella era realmente una víctima o una perversa que había alimentado a propósito las ilusiones románticas de un menor.

No necesitaba ser muy lista para saber que el escándalo posterior dañaría gravemente sus perspectivas profesionales. Sería un verdadero desastre.

–Siento curiosidad –dijo ella, cambiando de tema–. ¿Habría podido llegar al aeropuerto? ¿A cuánta distancia estamos?

–A varios cientos de kilómetros –respondió Azrael, clavando la vista en sus labios.

–¿A varios cientos? –preguntó Molly–. ¿Cómo es posible? Llegué a la conclusión de que estaba cerca porque calculé que habíais tardado muy poco en llevarme a la fortaleza.

–Tardamos poco porque no te llevamos en coche, sino en helicóptero. Puede que hayas visto coches, pero solo van hasta el aeródromo.

–¿No hay ninguna autopista por aquí?

–No, ninguna. Djalia no tiene más red de carreteras que la que da servicio a los pozos petrolíferos, y no la tendrá hasta que los ingenieros del Estado se embarquen en ese proyecto –explicó Azrael–. Esta parte del desierto es prácticamente inaccesible.

Molly sintió un deseo tan súbito e inesperado de acariciarle la cara que se ruborizó. Nunca había sentido nada igual. Era un deseo abrumador, que eliminaba su sentido común y lo sustituía por una ansiedad que la quemaba por dentro.

Justo entonces, sonó un trueno. Y Molly se sobresaltó.

–Solo es la tormenta –dijo Azrael.

Molly tragó saliva. El ambiente se había cargado de electricidad, y resultaba cada vez más sofocante.

–No sabía que las tormentas de arena pudieran ser tan violentas. Me alegro de que no me pillara a la intemperie.

–Los elementos pueden ser asombrosamente violentos en mi país –replicó Azrael, que se acercó y la tomó de la mano–. Tan violentos e intensos como lo que tú me haces sentir, a pesar de mí mismo.

Molly clavó la vista en sus ojos. La voz de la razón le decía que se alejara, pero estaba tan cerca de él que no podía pensar. Solo podía sentir. Y se sentía increíblemente viva, completamente dominada por el sensual deseo de disfrutar del presente.

Los ojos oscuros de Azrael brillaron en el interior de la cueva como si tuvieran luz propia.

–Dime que no te toque –le rogó el rey–. Dímelo.

Capítulo 4

MOLLY no se lo pudo decir porque no quería decírselo.

El simple e inocente contacto de su mano había desatado en ella una mezcla de curiosidad y excitación casi imposible de controlar. Su cuerpo estaba tenso, como una bomba que podía hacer explosión en cualquier momento. Solo necesitaba un detonador, y Molly se lo concedió voluntariamente cuando alzó las manos, las cerró sobre la túnica de Azrael y se apretó contra su pecho.

Azrael la besó con una pasión salvaje, avivando su fuego de tal manera que ella respondió del mismo modo. Lo deseaba con toda su alma y, cuanto más se besaban, más crecía su insatisfacción. Necesitaba ir más lejos, mucho más lejos. Tenía que encontrar la forma de saciar su hambre.

Azrael intentó apartarse, pero había reprimido su deseo con tanto ahínco que el sabor de sus labios lo dejó sin fuerza de voluntad. Molly estaba tan pegada a él que sentía todas y cada una de sus curvas; pero se encontraba en la misma situación que ella, y ni los besos ni el contacto de su cuerpo satisfacían su hambre.

Quería desnudarla y tumbarla en el suelo. Quería penetrarla y hacerle el amor entre el sonido feroz de la tormenta.

–Te deseo, *aziz*...

Azrael la tumbó en la alfombra persa donde había dormido, y Molly se preguntó cómo podía desearlo tanto. ¿Era por él? ¿O porque había despreciado sus necesidades físicas durante demasiado tiempo y ahora se rebelaban con todo su poder?

Fuera cual fuera el motivo, no tuvo tiempo de pensarlo. Azrael la volvió a besar, arrancándole un estremecimiento de placer; y, cuando él le subió el vestido, Molly no protestó. Estaba tan excitada que agradeció que tomara la iniciativa. Además, se sentía a salvo con él. Era prácticamente un desconocido, pero sabía que no la obligaría a nada que ella no quisiera hacer.

Al ver sus pechos desnudos, Azrael se quedó inmóvil durante unos instantes. Fue como si hubiera accedido a un mundo lleno de posibilidades y no supiera por dónde empezar. Pero los rosados y endurecidos pezones exigían prioridad absoluta, y él se los acarició con una delicadeza asombrosa.

–Eres tan bella, tan perfecta...

Por una vez en su vida, la organizada mente de Azrael se olvidó del mañana y de la propia realidad, empezando por las posibles consecuencias de lo que estaba haciendo en aquella caverna. No podía hacer nada salvo reclamar sus lujuriosos labios y acariciar sus suaves y grandes senos mientras ella gemía y se retorcía bajo él, igualmente impaciente por encontrar satisfacción a su deseo.

Al cabo de unos instantes, se puso entre sus muslos y se apretó contra la parte más ansiosa del cuerpo de Molly, que se arqueó encantada. ¿Había llegado el momento que tanto había esperado? ¿Por fin iba a conocer los secretos del sexo? Curiosamente, se sentía más tranquila que nunca. Y ni siquiera le preocupaba la posibilidad de quedarse embarazada, porque estaba tomando la píldora.

Azrael cerró los labios sobre uno de sus pezones y lo succionó. Molly soltó un gemido de placer que aumentó la excitación del rey de Djalia, quien metió una mano entre sus piernas y le acarició su cálido y húmedo sexo. Estaba absolutamente exquisita. Estaba preparada para él. Y justo entonces, cayó en la cuenta de que no llevaba ningún preservativo.

Frustrado, dejó de acariciarla y se apartó.

–¿Azrael? –dijo Molly, desconcertada.

–No podemos seguir. No tengo preservativos.

Molly se sentó, aún dominada por el deseo. Era consciente de que se había dejado llevar con una facilidad tan asombrosa como impropia de ella; quizá, porque era la primera vez que se enfrentaba a una verdadera tentación sexual. Pero, por mucho que le incomodara, abrió la boca para informarle de que tomaba la píldora y de que no corrían ningún peligro.

Sin embargo, no lo llegó a decir. En el último momento, se acordó de que no la había tomado desde antes de que Tahir la raptara y la llevara a Djalia. De hecho, estaba casi segura de que había dejado la caja en el bolso, que debía de seguir en la embajada de Londres.

–Es un riesgo que no puedo correr –continuó Azrael.

–No, claro que no.

Molly sacudió la cabeza. Su cara estaba ardiendo, y se preguntó por qué le gustaba tanto Azrael. Era un hombre impresionante, sí; y, cuando la tocaba, se olvidaba de todo lo demás. Pero aquello iba más allá de una atracción física normal y corriente. Durante unos minutos, su mente se había apagado y su cuerpo había tomado el control. Durante unos minutos, Azrael la había controlado a ella.

Nerviosa, se bajó el vestido y apartó la mirada, con una debilidad enorme en las piernas. Y, por si no tuviera bastante con su excitación sexual, le entraron ganas de ir a un servicio que no existía.

–Tengo que salir –dijo, consciente de que la tormenta no había amainado.

–No es necesario.

Azrael alcanzó el farol y la llevó a un recodo de la cueva, donde una enorme roca ocultaba una grieta en el fondo de la pared.

–Como ves, la cueva tiene su propio cuarto de baño –continuó con humor–. Es primitivo, pero útil.

Ella sonrió con alivio y, tras hacer sus necesidades, se lavó las manos en la laguna y caminó hacia el fuego, intentando no pensar demasiado en lo sucedido. A fin de cuentas, no había pasado nada.

Azrael estaba mirando el fuego cuando Molly se sentó al otro lado de la hoguera. Al igual que ella, se preguntaba cómo era posible que el deseo lo hubiera controlado de un modo tan absoluto. Nunca había sentido nada tan intenso. Y como era evidente que ya no podría saciar su hambre, se sentía terriblemente frustrado.

–Anímate –dijo ella, malinterpretando su expresión–. Hemos estado a punto de hacer una tontería, pero solo a punto.

Él apretó los labios.

–No quiero hablar de eso.

Molly miró sus oscuros ojos dorados, y volvió a sentir un cosquilleo en el estómago. No quería desearlo, pero lo deseaba. Además, siempre había querido tener esa sensación abrumadora de la que tanto había oído hablar. Y por otra parte, eso despejaba cualquier duda sobre su libido. Era una mujer normal, con las necesidades físicas de una mujer normal.

–Bueno, yo puedo hablar y tú puedes escuchar –dijo ella–. O fingir que no oyes nada.

Él la miró con impaciencia.

–Nos comportaremos como los adultos que somos.

–Cuando dices esas cosas, me apetece tirarte al agua –replicó ella.

Molly lo habría tirado de buena gana, pero pasó ante él y se dirigió a la entrada de la cueva. ¿Siempre tenía que controlarlo todo? ¿Por eso estaba enfadado? ¿Porque había estado a punto de perder el control?

La tormenta seguía azotando el desierto, y no parecía que fuera a amainar. El viento soplaba con tanta fuerza que faltó poco para que se cayera, así que maldijo su suerte en voz baja y regresó al fuego.

–¿Te sentirías mejor si te dijera que no acudiré a la policía cuando vuelva a Londres?

Azrael entrecerró los ojos.

–¿Es que has cambiado de opinión? Pensé que querías justicia.

–Y la quiero, pero he llegado a la conclusión de que mi respuesta debería ser más proporcionada. Tahir es un adolescente, y yo también hice locuras a su edad. No cometí ningún delito, pero me di cuenta de que no era tan madura como pensaba.

Azrael la miró con curiosidad.

–¿Qué hiciste?

–Cuando tenía catorce años, estaba convencida de que podía ser una estrella del rock. Yo sabía tocar el piano, así que me fugué en busca de la aventura. Mi plan consistía en ir a Londres y alcanzar la fama sin más. No me puedo creer que fuera tan ingenua.

–¿Solo te fuiste por eso? ¿O había algo más?

Molly no le quería dar demasiadas explicaciones, pero se las dio de todos modos.

–Había algo más. Mi madrastra me estaba haciendo daño, y la situación no mejoraba.

Azrael frunció el ceño.

–¿Qué significa eso de que te estaba haciendo daño?

Ella tragó saliva.

–Me abofeteaba, me tiraba del pelo y me pellizcaba constantemente. Se lo conté a mi padre, pero no hizo nada al respecto. Dijo que la culpa era mía por ser una rebelde, lo cual era falso –le explicó–. Cuando estaba con ella, llegaba a extremos absurdos con tal de que no se enfadara conmigo. Pero no servía de nada y, al final, me fui a vivir con mi abuelo.

–¿Y qué hizo tu padre?

–Nada. No lo volví a ver. Rompió el contacto por completo.

Azrael sacudió la cabeza.

–Es una historia muy triste –dijo–. Mi padre murió cuando yo era un niño, pero me quería mucho.

–Al menos, te dejó buenos recuerdos –comentó ella–.

Mis únicos buenos recuerdos son los de mi abuelo. Tuve la suerte de contar con su apoyo y su afecto.

–Supongo que su enfermedad te preocupa...

Molly se encogió de hombros.

–Ya estoy acostumbrada –le confesó–. He aprendido a resignarme y a conformarme con el hecho de que siga vivo. Es la única familia que tengo.

Azrael la observó con detenimiento y, al cabo de unos segundos, dijo:

–¿Es cierto que no vas a presentar cargos contra Tahir?

Molly suspiró.

–¿Siempre tienes que ser tan desconfiado? Deberías aprender a aceptar las buenas noticias sin desconfiar.

–Me educaron así –admitió él.

–Pues no es saludable.

–Sea lo que sea, te doy las gracias por tu templanza y tu generosidad.

–No es generosidad, Azrael. No he perdonado a tu hermanastro.

–Entonces, ¿qué es?

–Simple y puro sentido común. Llevar a un adolescente a los tribunales sería excederse demasiado. Además, y como tú bien dijiste, no ha pasado nada.

Azrael asintió.

–Obviamente, recibirás una compensación a cambio.

–¿Una compensación? ¡No quiero tu dinero! –exclamó Molly, enfadándose de nuevo–. ¿Crees que he cambiado de opinión por eso? Lo crees, ¿verdad? ¡Pues te equivocas! ¡Estás completamente equivocado!

–Me estás gritando otra vez –le recriminó Azrael–. Y gritar es de mala educación.

–¡Vete al infierno! –declaró ella, fuera de sí–. ¡Me voy a dormir! ¡Despiértame cuando vengan a rescatarnos! ¡Entre tanto, olvida que estoy aquí!

Capítulo 5

AZRAEL se dedicó a mirar a Molly mientras dormía.

Nunca había conocido a una mujer tan apasionada. Estallaba como una bomba cada vez que la ofendía, y ardía como un incendio desatado cuando la tomaba entre sus brazos y asaltaba su gloriosa y sensual boca.

Al ver que se estremecía, se acercó a ella y la tapó con su manto. Sabía que había cometido un error al ofrecerle dinero, pero ¿cómo iba a saber que no buscaba eso? Era lo más lógico. Cualquiera habría aceptado una compensación. Y, aunque tenía motivos para estar contento, no lo estaba en absoluto.

Había evitado un escándalo internacional. Había salvado a su país de la desgracia de verse involucrado en un secuestro. Pero, en lugar de alegrarse, se sentía culpable.

Él, un diplomático consumado, se convertía en un patán cada vez que estaba en presencia de Molly Carlisle. Se le había metido bajo la piel. Lo sacaba de sus casillas y, por si eso fuera poco, lo excitaba más que ninguna de las mujeres con las que había estado.

En su desesperación, apartó la vista del cuerpo que anhelaba y la clavó en la laguna de la cueva, pensando que sus aguas podrían enfriar sus ansias amorosas. Luego, se desnudó y se metió en la laguna por segunda vez en el mismo día. Estaba ardiendo y, además, había tanto polvo en el ambiente que se sentía sucio.

Al salir, echó una manta junto al fuego y se inclinó sobre su invitada para ver si se encontraba bien; pero Molly tenía las manos tan frías que se preocupó.

Azrael respiró hondo y la alzó en brazos, con miedo a que se despertara y malinterpretara la situación. Conociéndola, era capaz de creer que intentaba abusar de ella, cuando solo intentaba impedir que terminara con una pulmonía.

Pesaba muy poco, y su ligereza le pareció un síntoma de fragilidad y carácter enfermizo. Pero después de tumbarla en su manta y echarse a su lado, se sintió bastante más frágil de lo que Molly se pudiera sentir. Desde luego, ella entraría en calor por el contacto de sus cuerpos; pero él se volvería a excitar.

Al cabo de unos momentos, Molly se movió, se apretó contra él y soltó un suspiro, encantada con su calidez.

–Sigue durmiendo. Aún no ha amanecido.

–¿Azrael? ¿Eres tú?

–¿Quién iba a ser si no?

–No lo sé –dijo Molly a la defensiva–. Cuando me quedé dormida, estaba sola.

–Sí, pero estabas temblando de frío, y tenía que hacer algo para que entraras en calor –se justificó él.

Molly cambió de posición y le dio la espalda.

–Deja de moverte –continuó Azrael–. Así no puedo dormir.

Ella pensó que al menos no tendría que preocuparse por la posibilidad de que Azrael intentara seducirla. Por lo visto, solo estaba molesto porque se movía. Pero entonces, notó su erección contra las nalgas.

–Lo siento. No estoy acostumbrada a dormir con nadie –dijo, apartándose rápidamente.

Azrael frunció el ceño.

–¿Que no estás acostumbrada? No me lo puedo creer...

–¿Por qué te sorprende tanto? –preguntó ella, ofendida–. ¿Crees que hago el amor con cualquiera que se cruce en mi camino?

–¿Quién ha dicho nada de hacer el amor? Se puede dormir con alguien sin que pase nada –razonó él.

–Ah, te referías a eso...

–Pues claro.

Molly se maldijo para sus adentros por haber interpretado mal las palabras de Azrael. Pero, a pesar de ello, se sintió en la necesidad de darle explicaciones.

–De todas formas, sigo siendo virgen.

Él se quedó perplejo. Alzó la cabeza y la miró con desconfianza, pensando que había dicho eso para provocarlo. Y quizá fuera su intención; pero, si lo fue, no lo aprovechó en absoluto, porque se había vuelto a quedar dormida.

¿Habría dicho la verdad? ¿Seguía siendo virgen?

Azrael ni siquiera se lo había planteado. Siempre estaba con mujeres con experiencia, y suponía que Molly no sería diferente. Pero su comportamiento no dejaba lugar a dudas. Sí, sorprendentemente, era virgen. ¡Virgen! ¡Y Tahir la había secuestrado! No le extrañaba que estuviera tan afectada por lo sucedido.

Apartó la mano que había cerrado sobre su cadera y se alejó un poco más. Su excitado cuerpo protestó, pero él hizo caso omiso y apretó los dientes, armándose de valor. A fin de cuentas, era lo único que podía hacer.

Molly se despertó de repente, como si algo hubiera interrumpido su sueño. Y entonces, oyó las atronadoras aspas de un helicóptero.

–¿Qué ocurre? –preguntó en voz alta.

–Baja la voz... –dijo él–. Hay soldados en el exterior. Nos van a rescatar.

–Pero eso es bueno, ¿no? ¿Por qué estás tan serio?

Azrael caminó hacia ella.

–Porque el Consejo de Estado habrá organizado una búsqueda general totalmente innecesaria, causando una ola de pánico. Los soldados no son los únicos que nos buscan. También habrá periodistas. Seremos el centro de atención de todo el mundo.

–Ah...

–Guarda silencio cuando salgamos. Yo daré las explicaciones necesarias.

–Si estás preocupado por mí, deja de estarlo. No diré nada sobre Tahir –declaró ella, malinterpretando su inquietud–. Mis labios no pronunciarán su nombre.

–Tus labios no deben pronunciar ningún nombre –replicó él–. No digas nada de nada.

Azrael maldijo a Tahir para sus adentros, porque era el culpable de que se encontraran en esa situación.

¿Qué iban a hacer ahora? Si no decían la verdad, tendrían que inventarse algo para explicar la presencia de Molly en Djalia. Y, por otra parte, acababan de pasar la noche en una cueva del desierto, completamente solos.

Por eso era importante que Molly guardara silencio. Era tan ingenua que, en cuanto alguien insinuara la posibilidad de que hubieran tenido una aventura amorosa, lo negaría con su vehemencia habitual y multiplicaría las sospechas. Pero él no era precisamente un ingenuo. Conocía a la gente, y sabía que todos llegarían a la conclusión de que eran amantes, aunque solo fuera porque era la explicación más sencilla.

Por supuesto, nadie se atrevería a echárselo en cara; en primer lugar, porque era su rey y, en segundo, porque estaba soltero y podía hacer lo que quisiera. Sin embargo, la reputación de Molly terminaría por los suelos. Djalia era un país conservador, y no trataba bien a las mujeres que se acostaban con hombres sin estar casadas.

¿Qué podía hacer? Aquello era terriblemente injusto. Molly estaba en Djalia porque Tahir la había drogado y secuestrado. Ya había sufrido bastante. Y los iban a encontrar en una cueva porque él la había retenido en la fortaleza y la había forzado a un intento de fuga cuyas consecuencias podrían haber sido desastrosas.

Tenía que proteger su reputación. Estaba ética y hasta políticamente obligado a ello. Era su deber, teniendo en cuenta que todo lo sucedido se debía a la estupidez de su hermanastro y a su propia ceguera.

Y solo había una forma de conseguirlo, una forma que implicaba mentir por primera vez a su pueblo. Pero sería una mentira relativamente leve, sin más intención que la de dar un aire de respetabilidad al suceso. Pondría fin a cualquier tipo de especulaciones. Los sacaría del lío en el que se habían metido. Y luego, Molly podría volver a Londres.

Sí, era una solución perfecta. Diría que se habían casado en secreto y, al cabo de unos meses, se encargaría de que publicaran una nota en los periódicos anunciando su divorcio.

–Limítate a sonreír –dijo él–. Solo será cuestión de unos minutos.

Molly se acercó a la laguna y se lavó las manos y la cara antes de volver junto a él, que la tomó de la mano.

–¿Podré volver a mi país?

–Dentro de unos días, cuando hayamos solucionado el problema de tu pasaporte.

Molly asintió y salió con él al exterior de la cueva, sin saber lo que les esperaba.

La multitud que se había reunido se mostró asombrosamente melodramática en presencia de su rey. Algunos se arrodillaban y daban las gracias al cielo mientras otros lloraban o se lanzaban contra el cordón de soldados con intención de abrazar a Azrael.

Molly no había visto nada parecido en toda su vida. Los periodistas les hacían fotos, los acribillaban a preguntas e intentaban arrastrarlos hacia sus cámaras. Era tan abrumador que los temores de Azrael no se podrían haber cumplido en ningún caso, porque estaba tan asustada que no habría sido capaz de hablar.

Por fin, el rey de Djalia alzó la voz para dirigirse a sus súbditos, que guardaron un silencio casi reverencial. Molly no conocía el idioma del país, así que no entendió lo que decía; pero, por la reacción de la gente, debió de ser un discurso elocuente y tranquilizador. Donde antes había lágrimas, ahora había sonrisas.

–No sé lo que has dicho, pero te los has ganado por completo –comentó ella cuando los llevaron al helicóptero–. Parecen encantados.

Azrael le lanzó una mirada de advertencia, y ella cerró la boca al instante, comprendiendo que las cosas no estaban tan bien como creía. Hasta el propio Butrus, que se les acercó cuando se disponían a subir al aparato, se mostró extrañamente nervioso.

Ya en el helicóptero, Molly se recordó que estaba en deuda con Azrael y se obligó a guardar silencio durante todo el trayecto. Le había salvado la vida, y era lo mínimo que podía hacer. Además, solo se trataba de ser discreta en público. Ya le volvería a gritar cuando estuvieran solos. Si es que lo volvían a estar.

De repente, se dio cuenta de que ya no tenía razones para reunirse con ella en privado. Azrael había conseguido lo que quería, que no denunciara a Tahir. Seguramente, la llevarían a alguna de las habitaciones de invitados y la dejarían allí mientras solventaban el problema del pasaporte. En poco tiempo, su aventura en Djalia pasaría a ser un recuerdo exótico de un lejano país con desiertos y tormentas de arena.

Molly intentó convencerse de que era mejor así. Azrael despertaba en ella unas fuerzas que casi no podía controlar. Había estado a punto de hacer el amor con él sin método anticonceptivo de ninguna clase; y lo habría hecho sin pensarlo, porque ni siquiera sabía que el deseo sexual pudiera ser tan arrebatador.

De forma involuntaria, se giró hacia él y admiró su moreno perfil. Tenía barba de dos días, que enfatizaba la masculinidad de sus rasgos y la escultural perfección de sus labios. Estaba tan guapo que se le hizo la boca agua y se le aceleró el pulso.

¿Por qué reaccionaba de ese modo, como si fuera una adolescente encaprichada con un chico? Tampoco lo sabía, pero se sintió tan incómoda al respecto que se reafirmó en la conveniencia de regresar a Gran Bretaña, conseguir otro trabajo de camarera y buscarse otro alumno que quisiera aprender inglés.

Tenía que volver al mundo real. O, por lo menos, a su mundo.

Azrael se esforzó por no prestar atención a la discusión de Butrus y uno de los miembros del Consejo de Estado, compuesto de líderes tribales que ejercían de asesores del rey y, con frecuencia, de críticos. Y por lo visto, el Consejo no estaba contento con la situación. Querían una boda oficial, por todo lo alto. No les bastaba con saber que, teóricamente, se habían casado en secreto.

¿Cómo había podido cometer ese error? Se tendría que haber imaginado su reacción. Sabía cómo eran. Sabía lo que esperaban y lo que pedirían. Pero se había pasado la noche en vela por culpa de Molly y, como tampoco había dormido la noche anterior, no había sopesado el asunto con la debida calma.

El helicóptero los llevó al aeropuerto, donde los

estaba esperando un coche. Y tras ponerse en marcha, Butrus susurró a su rey:

–Tiene una visita, Majestad. Está en palacio.

Azrael le ahorró su habitual queja sobre el antiguo castillo de los cruzados que hacía las veces de Palacio Real. Nadie había hecho las reformas necesarias, lo cual significaba que carecía de las comodidades modernas.

–No estoy de humor para visitas –replicó–. ¿Quién es?

–Emir Abdi, nuestro mejor juez. Tiene una información importante sobre su boda con la señorita Carlisle.

Azrael suspiró, dando por sentado que le esperaba una hora de tediosos e insoportables argumentos jurídicos. Emir Abdi era un hombre indiscutiblemente sabio, pero él prefería a los hombres de acción.

–Tenemos un problema –continuó Butrus.

–¿Un problema?

–Su boda ha creado muchas expectativas, Majestad. Lamento no haber llegado a tiempo, porque le habría aconsejado que no dijera nada.

–Lo hecho, hecho está –se defendió el monarca–. Además, siempre tenemos problemas de alguna clase.

Azrael se giró hacia Molly, cuyo cabello rojo brillaba a la luz del sol. Estaba encantada con las vistas de Jovan, la capital de Djalia. Su espíritu apasionado parecía inmune a todo, incluyendo los secuestros y las tormentas de arena.

–¡Esto es fantástico! –exclamó en ese momento, sin dejar de admirar los edificios–. ¡Es una maravilla salida de otros tiempos!

–Sí, literalmente salida de otros tiempos –ironizó él–. Nadie ha hecho nada en ella desde hace varias generaciones.

–Los turistas se volverían locos con vuestra capital –dijo Molly con entusiasmo–. Es tan auténtica, tan bella...

–Desgraciadamente, los turistas también quieren hoteles. Y no los tenemos.

–¡Pues constrúyelos!

–Las cosas llevan su tiempo, Molly.

–Tienes que cambiar de actitud, Azrael. Deja de preocuparte tanto por los factores negativos. Tienes que ser positivo.

Butrus lanzó una mirada de aprobación a Molly, porque compartía su punto de vista. Incluso pensó que Azrael tendría que cambiar de actitud más pronto de lo que pensaba; por lo menos, si el profesor Abdi estaba en lo cierto. Pero, obviamente, se lo calló.

–Espero tener tiempo de ver la ciudad –comentó ella, sonriendo a Azrael.

–Ya veremos.

Azrael apretó los labios y apartó la mirada de sus verdes ojos por miedo a perder el control de sus emociones. La deseaba tanto que había estado a punto de hacer el amor con ella. A punto de seducir a una mujer virgen.

–El palacio –anunció orgullosamente Butrus cuando traspasaron la verja.

–¡Qué preciosidad de jardines! –declaró Molly, admirando las fuentes y los árboles–. Su mantenimiento debe de costar una fortuna. Con un clima tan seco, tendrán que regar muy a menudo...

–Sí, cuesta una fortuna, pero merece la pena –dijo Butrus con calidez–. El pueblo de Djalia adora los jardines.

–Y, según parece, también adora los castillos –replicó ella, recordando la fortaleza del desierto.

–Todos los castillos que tenemos son obra de pueblos extranjeros que invadieron nuestro país –dijo Azrael con expresión sombría–. Y ni su decoración ni sus comodidades han cambiado mucho en varios siglos.

–Oh, vamos... Piensa en la historia, en toda la gente que ha vivido aquí, generación tras generación –declaró ella, entusiasta.

Molly se mareó un poco al bajar del coche, porque el calor era insoportable; pero se recuperó al entrar en el fresco vestíbulo del castillo, donde esperaban los miembros de plantilla de palacio. Todos inclinaron la cabeza, y dos mujeres se arrodillaron delante de Molly, incomodándola tanto que se giró hacia Azrael como pidiéndole ayuda.

Azrael dijo algo en voz baja, y una de las otras mujeres se abrió paso entre el pequeño grupo y se acercó a él para recibir instrucciones.

–Haifa es el ama de llaves. Te enseñará tu habitación –informó a Molly–. Habla tu idioma, aunque no muy bien.

Molly siguió a Haifa por la escalera de torre circular y, acto seguido, por un corredor de piedra. Al parecer, el castillo era mucho más grande de lo que le había parecido al verlo; y, contrariamente a lo que había dicho Azrael, lo habían reformado y ampliado varias veces a lo largo de los años.

Al final, entraron en una habitación de muebles antiguos, con una preciosa y enorme cama de cortinaje azul. Tenía su propio cuarto de baño, aunque era obvio que lo habían instalado recientemente. Aún no habían puesto las puertas correderas de la ducha, que descansaban contra una pared.

–Le traeremos algo de comer –dijo Haifa, llevándola a un saloncito sin más mobiliario que una mesa baja y una alfombra persa–. Le ruego que espere aquí, Majestad.

Molly se quedó perpleja. «¿Majestad?» ¿Quién creía que era?

En su desconcierto, llegó a la conclusión de que la había tomado por alguna dignataria extranjera o de que se había equivocado de palabra porque no conocía bien su idioma. Sin embargo, se abstuvo de corregirla porque no quería que se sintiera incómoda, y se sentó junto a la mesa con las piernas cruzadas.

Un minuto después, apareció una verdadera procesión de criados con comida suficiente para alimentar a un regimiento. Molly señaló los platos que quería, esperó a que se los sirvieran y se volvió a sentar, aunque no fue una experiencia particularmente cómoda, pues los criados se quedaron junto a la pared mientras comía, atentos a todos sus movimientos y a cualquier cosa que pudiera querer.

Comió rápidamente y regresó a su habitación, pero tampoco pudo estar sola. Haifa apareció con dos jóvenes sonrientes que extendieron un montón de vestidos sobre la cama y le pidieron que eligiera.

–Si no le gusta ninguno, traeremos más –dijo Haifa.

Molly alcanzó uno de los vestidos de seda sin pararse a mirar; en parte, porque no quería parecer caprichosa y, en parte, porque necesitaba cambiarse de ropa con urgencia.

A continuación, las mujeres le ofrecieron una amplia gama de bellas prendas de lencería, con la característica común de ser extraordinariamente finas y tener mucho encaje. Molly, que ardía en deseos de sustituir el sujetador perdido en la cueva, entró en el cuarto de baño, se probó unas cuantas y regresó con las que había elegido.

Luego, llegó el momento de los zapatos y la ropa de dormir, lo cual la llevó a suspirar con impaciencia. ¿A qué venía todo eso? Era como si alguien les hubiera dicho que no tenía ropa y que se iba a quedar varios meses en su país.

Desgraciadamente, las mujeres no la dejaron en paz cuando terminó de elegir. Se quedaron en la habitación y, como Molly empezaba a estar harta, les informó que se iba a dar un baño y entró en el servicio, cerrando la puerta a sus espaldas.

Solo entonces, cuando ya estaba sola, se pudo relajar.

A diferencia de Molly, Azrael estaba menos relajado que nunca. No salía de su asombro, y le costó disimularlo mientras su experto en cuestiones legales respondía a sus muchas y muy graves dudas.

–El matrimonio por declaración es tradicional en nuestro país. Se practicó durante siglos, aunque no se había usado desde que su bisabuelo se fugó con la hija del jeque Hussein –le informó el profesor Abdi–. Fue muy astuto por su parte. Conocía la ley, y sabía que nadie lo podría acusar de no estar legalmente casado.

Azrael no tenía interés alguno en oír las aventuras de su libertino bisabuelo. Lo único que recordaba de él era que había provocado un escándalo por el procedimiento de secuestrar a una mujer que se iba a casar con otro hombre esa misma mañana. Pero, afortunadamente, había tenido el buen juicio de casarse con ella.

–A ver si lo he entendido. ¿Me estás diciendo que un hombre se puede casar en nuestro país con una simple y pura declaración?

–Si lo declara delante de testigos, sí. Es la única condición.

–¿Y no se necesita el consentimiento de la novia? –preguntó Azrael.

–Jurídicamente, el matrimonio será válido en cualquier circunstancia. El consentimiento de la novia es irrelevante –afirmó Abdi–. Tenga en cuenta que es una ley muy antigua, de una época en que las mujeres carecían de derechos.

–Sí, ya me he dado cuenta –declaró Azrael, horrorizado.

–Aun así, es una fórmula muy poco común, que estaba en desuso. Naturalmente, todo el mundo espera una ceremonia oficial.

–Seré sincero contigo, Emir –dijo Azrael, levantándose–. Afirmé que la señorita Carlisle es mi esposa porque me pareció que era la única forma de proteger su reputación. Pensé que, llegado el caso, me podría defender con el argumento de que nos casamos el año pasado en Londres en la embajada de Djalia, algo que nadie se atrevería a negar porque no tendría pruebas de lo contrario.

–Sea como sea, ya no es necesario que diga nada. Según las leyes antiguas, la señorita Carlisle y usted son marido y mujer a todos los efectos –declaró Emir Abdi–. Permítame que le desee toda la felicidad del mundo, Majestad.

–Esto es completamente absurdo –protestó Azrael–. Solo podré recuperar mi libertad si me divorcio.

–Ni lo piense –intervino Butrus.

–¿Por qué?

–Porque la gente no lo vería con buenos ojos –respondió el profesor–. Hashem se divorció demasiadas veces. Tuvo tantas esposas como ese rey inglés de la dinastía Tudor... ¿Cómo se llamaba?

–Enrique VIII –dijo Butrus–. Y nuestro rey no se puede parecer a ese hombre.

–Definitivamente, un divorcio rápido sería muy mal recibido por el pueblo de Djalia –afirmó Abdi–. Ahora bien, cuando pase el tiempo...

–No habrá divorcio rápido –sentenció Azrael, consciente al fin de las opciones que tenía–. Gracias por tu consejo, Emir. Y, por favor, estudia esa ley para encontrar una forma de derogarla. No podemos seguir viviendo en la Edad Media.

Azrael se marchó con su paso rápido y seguro de costumbre.

Estaba casado, legalmente casado, y ahora no tenía más remedio que asumirlo y seguir interpretando su papel.

–Ha sido una reunión muy instructiva –dijo a Butrus, que lo había seguido–. Tendré que discutir la situación con... mi esposa.

Butrus asintió.

–El príncipe Firuz estará esperando a que lo llame por teléfono. Doy por sentado que la noticia de su matrimonio habrá llegado a Quarein.

Azrael, que no estaba de humor para hablar con Firuz, se limitó a decir:

–Pues que espere.

Capítulo 6

AZRAEL quería ducharse y cambiarse de ropa, así que se dirigió a las estancias de la torre sin caer en la cuenta de que los criados de palacio habrían alojado a Molly en ese mismo lugar. Y, cuando entró en la habitación, se encontró de frente con su flamante esposa, que salía del cuarto de baño sin más ropa que unas braguitas de color turquesa y un sujetador a juego.

Azrael se quedó sin habla, completamente hechizado por sus curvas.

–¿Qué haces aquí? –preguntó Molly, que corrió a alcanzar un vestido.

–Es mi habitación –respondió Azrael, deseando volver a ver los grandes y tentadores senos que había atisbado bajo su sujetador–. No sabía que estuvieras en ella.

Molly frunció el ceño.

–¿Y por qué diablos me han alojado en tu habitación?

–Lo habrán hecho porque es la única que tiene cuarto de baño propio.

Molly entró en el cuarto de baño, se puso el vestido a toda prisa y volvió a salir, alegrándose de no ser particularmente presumida, porque Azrael no la había visto en la mejor de las situaciones posibles.

–Ah, claro.

–Hablaremos cuando me duche y me cambie de ropa –dijo él–. Puedes esperar en la sala contigua. He pedido que nos sirvan café.

Ella salió de la habitación tan descalza como ruborizada y entró en la sala contigua. Al cabo de unos momentos, apareció una criada con café y pasteles. Molly se comió uno y se preguntó cuándo podría volver a casa, aunque quizá no fuera tan fácil. A fin de cuentas, había salido de Gran Bretaña sin pasaporte, algo bastante sospechoso. Y el rey de Djalia no querría levantar sospechas de ninguna clase.

Mientras le daba vueltas al asunto, llegó Azrael. Se había puesto unos vaqueros y una camisa blanca, y Molly pensó que estaba más sexy que nunca.

–¿Café? –le preguntó, intentando disimular su excitación.

–Gracias. Ya me lo sirvo yo.

Azrael llenó una taza y echó varias cucharadas de azúcar.

–Veo que te gusta dulce...

–Sí, soy muy goloso –replicó él con una sonrisa.

–Ah...

Azrael se puso serio y dijo:

–Ha surgido un problema importante, del que tenemos que hablar. Si sientes la necesidad de gritar, respira hondo y escucha. ¿Crees que serás capaz?

–No estoy segura –respondió Molly con debilidad.

–Pero lo puedes intentar, ¿no?

–Sí, supongo que sí.

–Me alegro, porque los gritos no nos sacarán de esta.

–¿Sacarnos de esta? ¿Qué ha pasado?

–Antes que nada, quiero que sepas que ha sido culpa mía. Dije algo sin pensarlo detenidamente. Algo que ha resultado ser una mala idea, aunque mis intenciones no podían ser mejores.

–¿Qué ha pasado? –insistió ella.

–Cuando salimos de la cueva, hice una declaración. No podía decir la verdad sobre ti, porque habría implicado hablar de mi hermanastro. Y tampoco podía guardar silencio, porque habíamos pasado la noche juntos y todo el mundo habría llegado a la conclusión de que eres mi amante –contestó Azrael.

–¿Tu amante? ¿Lo dices en serio?

–¿Por qué otra razón ibas a estar en mi fortaleza? ¿Por qué iba a mantener tu presencia en secreto si no eres mi amante?

Molly no dijo nada. Acababa de comprender que la fortaleza del desierto era el sitio adonde llevaba a sus amantes. Y era perfectamente lógico. Tratándose de un país tan conservador, Azrael haría lo posible por ser discreto.

–No quería que sufrieras las habladurías de la gente y la presión de los medios de comunicación –continuó él–. Habría dañado tu reputación.

Molly lo miró con asombro.

–Si estuviéramos en la época victoriana, me preocuparía por mi reputación. Pero no lo estamos, Azrael.

–Quizá no lo estéis en Gran Bretaña, pero esto es Djalia –le recordó–. Y estoy seguro de que no te habrían gustado las cosas que habrían salido en la prensa.

Además, ya has sufrido bastante por culpa de Tahir. No te mereces que te humillen.

–¿Qué ha pasado? –repitió ella, que empezaba a estar verdaderamente preocupada.

–Quería protegerte, Molly. Y, cuando salí de esa cueva, dije lo único que te podía evitar ese destino. Dije que eres mi esposa.

Molly se quedó boquiabierta, sin saber si estaba hablando en serio o le estaba gastando una broma pesada.

–El año pasado, estuve seis meses en Londres. Forjaba alianzas mientras esperaba el final de nuestra campaña contra Hashem. Muy pocas personas saben lo que hice durante ese periodo, así que se me ocurrió que, si alguien preguntaba sobre nuestro supuesto matrimonio, podría decir que nos habíamos casado en tu ciudad.

–Pero... ¿qué has hecho? –exclamó ella–. ¿Cómo es posible que un hombre de tu posición haya cometido semejante locura? ¿Es que te has vuelto loco?

–Pues eso no es lo peor.

–¿Es que hay más?

–Me temo que sí. Mis asesores me acaban de informar de que, por culpa de una ley antigua, las declaraciones de matrimonio son tan válidas como los matrimonios legales –contestó él–. Eso es lo que te quería decir. Ahora somos marido y mujer.

Molly se levantó de su asiento.

–No, no, eso no es posible.

–Preferiría que no lo fuera, pero lo es. Estamos casados.

Molly lo miró con incredulidad.

–No, no. Has dicho que ha sido culpa tuya, que solo ha sido un error estúpido. Seguro que lo puedes arreglar.

Azrael sacudió la cabeza.

–Me temo que no.

–¡Seguro que sí! –insistió Molly, frustrada–. ¿No dijiste que tu palabra es la ley?

–Si fuera tan sencillo, solventaría el problema ahora mismo –le aseguró él–. Pero no lo es en absoluto. Hay otros factores que debo tener en consideración.

–¡Me importan un bledo los otros factores! ¡Solo me importa mi vida! –bramó Molly–. ¡Como no lo arregles, tendrán que juzgarme por asesinato!

–Podríamos pedir el divorcio, pero tendremos que esperar una buena temporada. Si nos divorciáramos ahora, quedaría muy mal a ojos del pueblo. Como mínimo, tendremos que estar juntos unos cuantos meses.

–¡No me lo puedo creer! Pero ¿en qué siglo estás viviendo? –dijo Molly, gritando tanto como podía–. ¿Quién te crees que eres para tomar decisiones sobre mi supuesta reputación?

–No me arrepiento de haber intentado protegerte. Era lo que habría hecho cualquier hombre de honor.

–¡No necesito que me protejan! ¡Soy una mujer fuerte, independiente y perfectamente capaz de cuidar de sí misma!

–Salvo cuando te raptan y te pierdes en el desierto.

–¿Cómo te atreves a echarme eso en cara?

–Es la verdad –dijo Azrael con firmeza–. Ya te he sacado dos veces de situaciones difíciles. Primero, te liberé de tu secuestrador y después, te salvé la vida.

Estás en deuda conmigo, y necesito pedirte que seas razonable y comprensiva.

–¿En deuda contigo? ¡Me amenazaste con tenerme prisionera si insistía en denunciar a Tahir! Empiezo a pensar que tu familia está loca. Tu hermanastro me secuestra y, a continuación, tú me retienes y te casas conmigo sin preguntarme antes.

–Mira, yo me siento tan atrapado como tú.

–¡Me da igual cómo te sientas! Además, esto es absolutamente ridículo. No podemos estar casados. Yo no he dado mi consentimiento.

Azrael respiró hondo.

–Como ya he dicho, ha sido por culpa de una ley muy antigua. Entonces, las mujeres no tenían derechos de ninguna clase, así que su opinión carecía de importancia.

–Si es una broma, no tiene ninguna gracia.

Molly echó los hombros hacia atrás, en un intento por solventar el problema de su baja estatura y parecer físicamente impresionante. Pero, al hacerlo, sus pechos se apretaron contra la tela del vestido, enfatizando sus pezones; y Azrael sintió el irresistible deseo de chupárselos.

–No, no es una broma. Ojalá lo fuera.

–¡Tienes que hacer algo! ¡Y hacerlo pronto!

–No puedo. Mi pueblo está celebrando nuestro matrimonio en este mismo instante. ¿Cómo quedaría si les digo la verdad?

–¡Eso no es asunto mío!

–Te equivocas –replicó Azrael, haciendo un esfuerzo por apartar la vista de sus senos–. Eres mi esposa, y eso te convierte en reina de Djalia.

–¿Y qué?

–Que el pueblo te verá como tal. Y no es justo que pague por mi error. No es justo que pague el precio de mi desafortunado intento de protegerte.

Molly se maldijo para sus adentros, súbitamente consciente de que su abuelo habría estado de acuerdo con él. Al fin y al cabo, Maurice era un hombre chapado a la antigua, un hombre convencido de que las mujeres eran el sexo débil y de que necesitaban que las protegieran. De hecho, Maurice era la única persona que la había protegido en toda su vida. Maurice y ahora, Azrael.

Sin embargo, eso no encajaba con el carácter de Molly. Se había apoyado en su abuelo cuando era una adolescente; pero, desde entonces, era ella la que cuidaba de él. Y le parecía inadmisible que Azrael la hubiera tomado por una mujer estúpidamente frágil, aunque hubiera sido por buenas razones.

Furiosa, lo miró a los ojos y preguntó:

–¿Qué quieres de mí?

Azrael se volvió a quedar hechizado con sus voluptuosos senos y, como no quería perder el control, se acercó a la ventana para concentrarse en algo menos estimulante.

–Quiero que te quedes aquí unos cuantos meses y te comportes como si verdaderamente fueras mi esposa. Luego, reconsideraremos nuestra situación.

–¡No me puedo quedar aquí! ¡Tengo responsabilidades! ¡Tengo que trabajar para cuidar de mi abuelo y pagar las facturas!

–Puedes traer a tu abuelo a Djalia.

Molly sacudió la cabeza con vehemencia.

–No, eso es imposible. Los cambios no son buenos para él. Necesita caras y sitios familiares... de lo contrario, perdería el poco sentido de la realidad que le queda –afirmó–. No, Maurice no puede venir a Djalia. Y, si él no puede venir, yo tampoco me puedo quedar. Su bienestar es lo más importante.

–Entonces, me encargaré personalmente de todos los gastos que conlleve su cuidado. Y podrás viajar de vez en cuando a Londres para estar con él.

–¡No puedes reorganizar mi vida a tu antojo!

–Si esa reorganización es buena para todos, ¿por qué no? ¿Vivías mejor en Londres de lo que vas a vivir aquí? ¿Hay quizá un hombre que te esté esperando? No lo creo, porque Tahir estaba convencido de que no salías con nadie. Pero, claro, puede que no fueras sincera con él.

–¡Por supuesto que lo fui! –protestó ella, impaciente–. No estaba saliendo con nadie. Y, en cuanto a los pocos amigos que tengo, trabajo tanto que no tengo tiempo de verlos... Aunque ya habré perdido dos de mis empleos por culpa de tu hermanastro y de ti. ¿Por qué no te limitas a resolver el problema?

–No seas tan irracional, por favor. Me estás pidiendo un imposible.

–¿Que yo soy irracional? ¡Nadie te está pidiendo a ti que renuncies a tu vida y a tu independencia!

–Yo renunciaría a todo por el bien de mi país.

–¡Pero yo no soy de tu propiedad! ¡No me puedes sacrificar así como así, sin tener siquiera mi consentimiento! –dijo Molly, mirándolo con hostilidad–. Oh, no... espera un momento. Claro que puedes. Había olvidado que estamos en uno de los lugares más primitivos del mundo. ¡Claro que me puedes sacrificar!

A Azrael le molestó que llamara «primitivos» a los habitantes de su país. Trabajaba dieciocho horas al día, en un intento por modernizar Djalia que contaba con el apoyo de casi todo su pueblo. Y no le pareció justo que los despreciara de esa manera.

–Deja de gritar –le ordenó.

–Gritaré tanto como quiera.

Azrael hizo un esfuerzo por mantener la calma.

–Estamos casados, y puedes estar segura de que te trataré con el respeto que te mereces. Pero tú también tienes que tratarme a mí con respeto.

–¡No estoy de humor para ser educada! –dijo ella, temblando de rabia–. ¡Si te casas con una mujer sin su consentimiento, tienes que estar preparado para sufrir las consecuencias! ¡Y no voy a dejar de gritar porque tú me lo ordenes!

Azrael arqueó una ceja y dio un paso adelante.

–¿Ah, no?

–¡No!

Él descendió sobre ella como un halcón sobre su presa, sorprendiéndola por completo. Y la sorprendió todavía más cuando la alzó en brazos con una asombrosa facilidad, como si no pesara nada.

–Primera lección: No me grites cuando estoy cansado.

Azrael abrió la puerta del dormitorio, la echó en la cama y añadió:

–Segunda lección: No vuelvas a decir que mi país es primitivo.

Molly abrió la boca con la evidente intención de

decir algo desagradable, pero él se la tapó con la mano.

–Cuando insultas a los ciudadanos de mi país, me insultas a mí. No te recomiendo que lo vuelvas a hacer.

Rabiosa, Molly se movió de lado a lado, intentando zafarse; pero no pudo, porque Azrael se le había puesto encima y la había agarrado por las muñecas.

—Puede que yo sea un hombre primitivo. Desde luego, he hecho muchas cosas primitivas a lo largo de mi vida –continuó él–. Pero nunca he tratado a una mujer como si fuera de mi propiedad, nunca le he hecho daño y, por supuesto, tampoco te lo voy a hacer a ti.

Molly respiró hondo.

–Está bien. No volveré a decir eso.

–Gracias.

Azrael le soltó los brazos y se levantó de la cama, ofreciéndole una vista perfecta de sus duras nalgas, que avivaron el recuerdo de su tórrido pero inacabado encuentro en la caverna.

Molly se ruborizó al instante, lo cual no impidió que lo volviera a devorar con los ojos cuando se apoyó en la pared de la ventana con movimientos felinos. Era increíblemente sexy; tan sexy que apretó las caderas contra el colchón en un intento de ahuyentar el hambre que sentía. Pero no sirvió de nada.

–Tendremos que hacer algo con tus gritos. Hay formas de aprender a controlarse.

–No creo que aprenda a controlarme si siempre te las arreglas para que quiera darte una bofetada –replicó Molly.

–Eres mi esposa...

–¡Deja de decir eso! ¡Deja de decirlo!

–Es la verdad. No tiene sentido que lo neguemos –declaró él en voz baja–. Además, ¿adónde pretendes llegar con tantos gritos? ¿Quieres verme enfadado? ¿Seguro que quieres?

Molly sacudió la cabeza.

–No, supongo que no.

–¿Entonces?

–Es que no lo puedo evitar. Sacas lo peor de mí.

–Pues intento ser razonable.

–Tu concepto de ser razonable no se parece en nada al concepto del resto de la humanidad –alegó ella, clavando la vista en sus labios.

–Haz un esfuerzo, Molly –le dijo Azrael con voz suave–. Piensa que ser mi esposa es una especie de empleo. De hecho, estoy dispuesto a pagarte. Me aseguraré de que tu estancia en Djalia te sea rentable.

Molly estaba tan cautivada con la visión de su cuerpo y el sonido de su ronca y sedosa voz que lo habría mirado con la misma adoración si se hubiera puesto a recitar la tabla numérica. Sin embargo, no estaba hablando de números, sino de darle dinero por el trabajo de ser su esposa; y aunque era consciente de que el dinero le vendría muy bien, no le parecía ético en esas circunstancias.

–No sé, no estoy segura.

Azrael caminó hasta la cama y se sentó en ella, a una distancia prudencial de Molly.

–Confía en mí. Mantendré mi parte del acuerdo.

Ella frunció el ceño.

–La residencia de Maurice sale muy cara –le advirtió–. Afortunadamente, el Estado asume casi todos los gastos, pero el resto es cosa mía. Tuve que vender las joyas de mi madre, y solo me queda lo justo para pagar un mes.

–No te preocupes por eso. Tu responsabilidad pasó a ser mía en el momento en que descubrí que estábamos casados –dijo Azrael, apartándole un mechón de pelo de la cara–. Me sentiré honrado de poder ayudar a tu abuelo, aunque siento mucho que tuvieras que vender las joyas de tu madre. Es algo muy triste.

–Bueno, solo eran un anillo y un broche que habían pertenecido a mi abuela.

Azrael le acarició dulcemente la mejilla, y ella quiso devolverle el favor; pero, al mirar sus ojos dorados, supo que solo habría servido para arrastrarlos a una clase de intimidad que ninguno de los dos quería. Los pechos se le habían hinchado bajo el sujetador; los pezones se le habían endurecido y, por si eso fuera poco, sentía una cálida humedad entre las piernas que la estaba volviendo loca.

–Tengo esmeraldas del color de tus ojos –dijo él con voz sensual–. Estarías magnífica si te las pusieras.

Molly respiró hondo, resistiéndose al impulso de hundir los dedos en su cabellera negra.

–Oh, por Dios, Azrael... No he llevado joyas de verdad en toda mi vida.

Azrael cerró las manos sobre el talle de Molly, la levantó y la sentó sobre sus duras y poderosas piernas.

–Abre la boca –ordenó.

Molly la entreabrió y, tras morderle con dulzura el labio inferior, Azrael le dio un beso tan intensamente erótico como el contacto de la mano que subía por la cara interior de uno de sus muslos.

De forma instintiva, ella separó las piernas. Entonces, Azrael apartó las braguitas de su camino y circunvaló suavemente su sexo antes de acariciarle el clítoris. Molly soltó un gemido de placer, cada vez más excitada, y el sonido se transformó en grito cuando él le introdujo un dedo sin apartar la atención de la pequeña protuberancia donde parecían confluir todas las terminaciones nerviosas de su cuerpo.

Molly se arqueó contra su mano, perdiendo el control. Y la fuerza de su necesidad, combinada con los movimientos de Azrael y todo el deseo acumulado la arrastró a un repentino e intenso clímax que la desgarró por las costuras.

Azrael la tumbó en la cama y sonrió, satisfecho.

–En lugar de discutir, deberíamos acostarnos. Sería mucho más divertido.

–Pero no muy sabio –susurró Molly–. Digas lo que digas, nuestro matrimonio no es real.

Azrael no dijo nada. Sabía lo que quería, y estaba dispuesto a esperar y a luchar por ello. Al fin y al cabo, no era una situación nueva para él. Siempre había tenido que luchar por todo. Y por otra parte, no había duda de que ella también lo deseaba. Consumaría su matrimonio más tarde o más temprano. Solo era cuestión de tiempo.

Al saber que estaban legalmente casados, Azrael se había sentido atrapado y condenado sin remedio. Se había acostumbrado a controlar las cosas, y no daba un paso sin planificarlo antes. Pero Molly había entrado en su vida como una tormenta de arena, causando un verdadero caos. Y él adoraba ese caos. Adoraba su pasión, su rapidez mental, su genio.

Además, le encantaba que no tuviera miedo de él, que no le hiciera ridículas reverencias y que no tuviera deseo alguno de adularlo. Lo trataba como si fuera su igual, y eso era nuevo para un hombre que había crecido lejos de los demás, como un objeto precioso al que nadie debía acercarse. Siempre había sido un solitario, y Molly conseguía que no se sintiera solo. ¿Por qué iba entonces a querer separarse de una mujer tan perfecta?

–Si quieres, puedes ir a Londres a recoger tus cosas –dijo con toda tranquilidad–. Incluso puedes aprovechar tu estancia para comprar un vestido de novia.

–¿Un vestido de novia? –preguntó Molly, sorprendida.

–Tendremos que dar una boda oficial a nuestro pueblo, ¿no te parece?

Un segundo después, llamaron a la puerta. Azrael frunció el ceño y se levantó.

–¿Majestad?

Era Butrus, que los miró con incomodidad.

–¿Sí?

–El príncipe Firuz está abajo.

Azrael se puso tenso.

–Bajaré dentro de unos minutos.

Butrus se marchó, y Molly volvió a la conversación que habían dejado sin terminar.

–¿Una boda oficial?

–Sí. Es lo que esperan de nosotros.

Nerviosa, Molly caminó hacia la ventana y le dio la espalda.

–No sé si estaré a la altura de sus expectativas. Soy una chica normal y corriente.

–Eres una mujer extraordinaria, capaz de cuidar de su abuelo en las circunstancias más difíciles, de sobreponerse a un secuestro, de fugarse de una fortaleza y de sobrevivir a lo que ha pasado después –replicó él con vehemencia–. Sí, es cierto que gritas demasiado, pero tienes valentía y un gran corazón.

Molly sonrió y se giró hacia él, descubriendo que se había cambiado de ropa mientras hablaban y se había puesto la larga y blanca túnica tradicional.

–Muy bien. Haré lo posible por interpretar el papel de tu esposa. Pero no te puedo prometer nada más.

A Azrael le brillaron los ojos.

–Ni yo te pido nada más.

Capítulo 7

NO PUEDO creerme que te hayas casado –dijo su amiga Jan mientras acunaba a su hijo recién nacido, Robbie–. Cuéntamelo todo.

Molly había salido de Djalia con un pasaporte diplomático, y ya llevaba siete días en Londres; siete días frenéticos, porque había tenido que pagar las facturas acumuladas, recoger sus escasas pertenencias y, por supuesto, pasar todo el tiempo posible con Maurice, que ni siquiera la reconocía. En los ratos libres, salía de compras y gastaba más dinero del que había gastado en toda su vida, gracias a las tarjetas de Azrael.

–Me quedé asombrada cuando leí que te habías casado con ese hombre –continuó Jan–. Pensé que os habríais conocido mientras dabas clases en la embajada de su país, pero no recuerdo que lo mencionaras. No me puedo creer que no me lo dijeras... No dijiste nada al respecto. Ni siquiera me dijiste que tenías intención de viajar a Djalia.

–Porque no la tenía. Fue algo inesperado.

–Bueno, lo comprendo perfectamente. No estabas segura de que Azrael fuera en serio contigo, y querías asegurarte antes de hablar –afirmó su amiga–. Es un hombre verdaderamente impresionante. No me extraña que lo quieras para ti.

–Todo ha sido muy rápido –se defendió Molly–, tan rápido que me parece un sueño.

–Pues yo diría que es bastante real. Por lo menos, a tenor de los tres guardaespaldas que están en el vestíbulo de mi casa –ironizó Jan–. ¡Cualquiera diría que Azrael tiene miedo de que te fugues! Es evidente que te quiere mucho.

–Sí, supongo que sí.

–Espero haber hecho bien al rechazar a los periodistas que quisieron entrevistarme. Solo trabajabas para mí a tiempo parcial, pero me pareció que tus relaciones personales son asunto tuyo.

–Y yo te estoy inmensamente agradecida, aunque no sirvió de mucho... Es culpa de mi pelo rojo. Alguna de tus empleadas me reconoció por las fotografías que me habían sacado en el aeropuerto, y llamó a un periódico para decirles que trabajaba para ti –replicó Molly–. Francamente, no estaba preparada para recibir a la prensa cuando se presentaron esa mañana en mi casa. Tenía un aspecto terrible.

–No, ni mucho menos. Solo parecías sorprendida.

–Si tú lo dices...

Jan sacudió la cabeza y dijo:

–¡Vas a ser reina, Molly! Es normal que los periodistas quieran saber de ti.

–Pues espero que no hablen con los familiares de mi madrastra, porque dirían que soy el mismísimo diablo.

Jan soltó una carcajada.

–A la gente le gusta tu historia porque es como la historia de la Cenicienta, la chica pobre que alcanza un sueño. Sin embargo, no sé si yo podría vivir en el extranjero. Y mucho menos, en un país tan atrasado como Djalia.

–No es un país atrasado. Es un país en plena evolución –puntualizó Molly, sin dudarlo un momento.

–Estará en plena evolución, pero las mujeres que salen en televisión no parecen tener muchos derechos –le recordó su amiga.

–Porque el antiguo dictador impuso leyes muy restrictivas. Pero las cosas están cambiando –aseguró ella.

–Hablas como un político...

–No, no se trata de eso. Es que Azrael le pidió a uno de sus diplomáticos que me pusiera al tanto de la situación del país, y ahora tengo tantos hechos y estadísticas en la cabeza que me salen por la boca cada vez que la abro.

–¿Te hace leer estadísticas una semana después de la boda? –preguntó Jan, perpleja–. ¿No te parece extraño?

Molly se sintió en la necesidad de defender a Azrael.

–Solo intentaba ayudarme. Soy su esposa, y no quiero decir tonterías cuando actúe en calidad de reina.

Molly fue sincera con ella. Cada vez estaba más preocupada por la posibilidad de dejar en mal lugar a Azrael. Había asumido una responsabilidad inmensa, una clase de responsabilidad que había empezado a entender durante su breve estancia en el palacio, la que Azrael afrontaba todos los días.

De hecho, Azrael no volvió al dormitorio después de darle el mejor orgasmo de su vida. Butrus se presentó al día siguiente y le dijo que el príncipe Firuz lo había tenido despierto hasta altas horas de la noche y que, de todas formas, era habitual que trabajara hasta muy tarde y durmiera en el sofá de su despacho.

A decir verdad, solo se volvieron a ver durante las comidas. Molly dormía sola, e intentaba convencerse de que era lo mejor. Se decía que el sexo habría complicado mucho su relación y que, en cualquier caso, el suyo no era un matrimonio de verdad, sino un acuerdo del que los dos salían beneficiados. A fin de cuentas, Azrael le estaba pagando por ser su esposa.

Sin embargo, Molly tenía otra razón para no querer acostarse con él. Estaba segura de que el imponente Azrael no podía ser feliz con una mujer normal y corriente que se había dedicado a limpiar y servir bebidas. Si se dejaba llevar por el deseo, le rompería el corazón. Desde su punto de vista, no estaban hechos el uno para el otro.

–¿Viste el suplemento del domingo pasado? –preguntó Jan, sacándola de sus pensamientos.

–¿Qué suplemento?

–El del periódico que lees. Lo guardé por si no lo habías visto. Hay un artículo sobre Azrael y Djalia.

Su amiga se lo dio, y Molly lo guardó en el bolso.

–Gracias. Lo leeré cuando vuelva al hotel.

–No es un artículo muy halagador –dijo Jan, seria–. Espero que no te enfades conmigo por habértelo dado.

–Por supuesto que no.

La advertencia de Jan hizo que Molly cambiara de idea y abriera el suplemento antes de llegar al hotel, en la limusina que el Gobierno de Djalia había puesto a su disposición. Y se quedó espantada cuando vio la fotografía que le habían sacado en el aeropuerto. No había tenido ocasión de maquillarse, y los vaqueros y el jersey que llevaba estaban tan arrugados como cabía esperar tras varias horas de vuelo.

Pero eso no le molestó tanto como la segunda fotografía, en la que estaba su esposo junto a una morena impresionante. La morena era la princesa Nasira de Quarein, sobrina del príncipe Firuz, que al parecer había estado comprometida con Azrael. Tenía unos grandes y preciosos ojos almendrados, además de una figura perfecta. Y para empeorar las cosas, la nota decía que hablaba seis idiomas y que había estudiado Ciencias Políticas en la Sorbona.

Evidentemente, Molly salía malparada de la comparación. En contraste, resultaba tan gris como poco atractiva. Pero el autor del artículo iba más allá, y añadía que su matrimonio con Azrael había sorprendido y escandalizado a muchas personas, que no comprendían que el rey de Djalia hubiera roto su compromiso con Nasira.

Molly palideció. ¿Cómo era posible que Azrael no le hubiera dicho nada al respecto? ¿Cómo era posible que ella no se hubiera interesado por sus relaciones pasadas? ¿Sería ese el motivo de la visita de Firuz? ¿Se había presentado en palacio para pedirle explicaciones sobre su ruptura con Nasira y su repentino matrimonio?

Fuera como fuera, Molly solo sabía que Azrael no volvió a hacer ningún intento por acostarse con ella durante los días anteriores a su viaje a Londres. Y fue de lo más frustrante, porque ella había preparado un discurso para quitárselo de encima, con todas las razones que se había repetido a sí misma. Un discurso que no llegó a pronunciar.

Desde luego, nada impedía que se lo dijera por teléfono. Al fin y al cabo, Azrael la llamaba todas las noches. Pero no quería entablar esa conversación por un medio tan frío. No era lo más apropiado. ¿O sí?

Curiosamente, Azrael estaba tan alterado como Molly en ese mismo momento. La prensa británica había investigado el pasado de su modesta esposa, y había descubierto algo tan sorprendente como desagradable.

Molly le había dicho que su abuelo estaba ingresado porque padecía de demencia senil, y que ella lo había estado cuidando durante años. Pero, según el periódico, el abuelo materno de Molly había fallecido antes de que ella naciera y, en cuanto a su abuelo paterno, había muerto poco después.

Por supuesto, Azrael no se conformó con la versión de los medios de comunicación. Habló con Butrus y le pidió que investigara por su cuenta. Pero Butrus confirmó todo lo que habían publicado.

Molly no tenía ningún abuelo, lo cual significaba que le había mentido. Y, si su abuelo no existía, Azrael solo podía llegar a una conclusión: que se había inventado una historia triste para ganarse su simpatía e impresionarlo con su supuesta capacidad de sacrificio y su supuesta sensibilidad.

¿Cómo podía haber sido tan ingenuo?

No se podía decir que no estuviera avisado. La inmensa mayoría de las mujeres con las que había mantenido relaciones íntimas estaban más interesadas en su dinero que en su carácter o su físico. Cuanto más caros eran los regalos que les hacía, más apasionadas se mostraban. De hecho, Azrael había terminado tan harto de ellas que prefería no estar con nadie, porque se sentía como si estuviera pagando por hacer el amor.

Por lo visto, Molly no era una excepción a la norma. Había decidido sacarle tanto dinero como pudiera, y se había inventado lo de su abuelo para impresionarlo y tener acceso a sus tarjetas y cuentas bancarias.

Por suerte, Azrael solo le había transferido lo necesario para que viviera con holgura durante su estancia en Londres. Pero el dinero carecía de importancia para él. Lo importante eran los medios que Molly había utilizado para conseguirlo. Y estaba tan decepcionado como furioso con ella.

Definitivamente, se había comportado como un idiota. Ninguna mujer podía ser tan perfecta. Nadie podía ser tan perfecto. Le había tomado el pelo y, por muchas vueltas que le diera, no se iba a sentir mejor.

Pero ahora tenía un problema más grave que el orgullo herido. Se había casado con una mujer sin escrúpulos, y no se podían divorciar.

Molly volvió días después a Djalia, y se dirigió al lugar que Butrus llamaba «palacio» y Azrael, «castillo». El rey y su asesor tenían opiniones frecuentemente opuestas, y ella sonrió al recordar sus encontronazos.

Azrael no la había llamado por teléfono la noche anterior y, aunque se sentía algo decepcionada, supuso que el trabajo se lo habría impedido. Además, nada le importaba tanto como la perspectiva de verlo otra vez. Tenía un cálido hormigueo en el estómago, y estaba tan ansiosa que, tras saludar a los criados de palacio, subió corriendo la escalera y no paró hasta llegar arriba.

Pero Azrael no la estaba esperando. No estaba en ninguna de las habitaciones.

–¿Dónde está Azrael? –preguntó a Butrus, extrañada.

El asesor se puso algo tenso, aunque lo disimuló y sonrió.

–En su despacho, Majestad.

–Llámeme Molly, por favor. No es necesario que seamos tan formales cuando estamos a solas –dijo ella.

Butrus asintió y Molly se secó sus húmedas manos en el vestido verde que se había comprado en Londres. Le había costado muy caro, pero quería estar tan guapa como fuera posible la próxima vez que viera a Azrael. A fin de cuentas, nunca la había visto ni maquillada ni bien vestida, y le quería dar una sorpresa.

Azrael estaba trabajando con su ordenador portátil, y alzó la vista cuando Molly entró en el despacho sin llamar. Pero no esperaba que su visión lo desequilibrara por completo. Su esposa estaba espectacular. Sus verdes ojos, del mismo color que el vestido, brillaron con energía; y su lujuriosa boca le dedicó una sonrisa verdaderamente sensual. Si hubiera podido, le habría hecho el amor allí mismo.

–Veo que estás tan ocupado como siempre –dijo ella, intentando disimular su excitación–. Pero deberías haber salido a saludarme.

–¿Debería? –preguntó Azrael con frialdad.

–Sí, en efecto. Ha sido poco respetuoso, sin mencionar el hecho de que a los criados les habrá parecido extraño.

–Ni yo soy poco respetuoso ni los miembros de mi plantilla se meten en mis asuntos –replicó él con altivez.

–No parece que estés de buen humor –comentó Molly–. Pero, aunque desconozco el motivo, a mí me enseñaron que castigar con tu enfado a personas inocentes es de mala educación.

–A mí me enseñaron lo mismo –se defendió Azrael.

–Pues no lo parece.

Azrael guardó silencio.

–En fin, será mejor que me marche y te deje con tu trabajo –continuó ella.

Para sorpresa de Molly, su marido estalló un segundo después.

–¡Me has mentido!

Molly frunció el ceño.

–¿Cómo? Yo no te he mentido nunca.

–Lo he descubierto. He descubierto la verdad. ¡Tú no tienes ningún abuelo! –bramó él–. ¡Te lo inventaste!

Molly se quedó completamente perpleja; en parte, por la acusación y, en parte, porque era la primera vez que veía a Azrael tan enfadado. Casi daba miedo. Parecía capaz de cualquier cosa. Y como Molly tenía aprecio a su vida, abrió la puerta y salió corriendo de la habitación.

–¡Vuelve aquí! –exclamó él.

Molly no se lo podía creer. El firme, sobrio y tranquilo Azrael estaba gritando; el hombre disciplinado que sabía ser cortés en cualquier situación. ¿Qué estaba pasando allí? ¿Y qué era eso de su abuelo? ¿Cómo habría llegado a la absurda conclusión de que Maurice no existía?

Al llegar al rellano, se encontró con Haifa, que dijo:

–Llevaré café al salón, Majestad.

–Gracias –susurró ella sin detenerse, consciente de que Azrael la seguía a poca distancia.

Molly pasó por delante de las habitaciones, entró en la salita que estaba en el extremo opuesto del corredor y salió al precioso jardín que había en la azotea, donde su marido la encontró segundos después.

–¡Exijo una explicación!

Molly se giró hacia él, sin entender nada.

–¿Cómo quieres que me explique si no sé de qué me acusas?

–¡Por supuesto que lo sabes!

–No, no lo sé –replicó ella.

–¿Quieres que te lo deletree?

Molly lo miró como si no lo reconociera. En ese momento, Azrael no era el hombre que despertaba su deseo y avivaba sus esperanzas. Era un desconocido, alguien en quien no podía confiar. ¿Se habría equivocado con él? Empezaba a pensar que sí, y hasta se preguntó si verdaderamente había roto su relación con la princesa Nasira.

–Sí, por favor, deletréalo si quieres. ¿Cómo puedes decir que mi abuelo no existe, cuando he estado con él todos los días durante mi estancia en Londres?

–No sé si lees los periódicos británicos, pero yo leí un artículo muy interesante sobre tu familia. Hay hechos que no encajan en la historia que me contaste –dijo él–. Por ejemplo, que tus abuelos están muertos.

–¿Qué tonterías estás diciendo? Puede que Maurice tenga demencia senil, pero te aseguro que está tan vivo como nosotros.

–Tus abuelos están muertos –insistió Azrael–. El primero murió antes de que nacieras y el segundo, cuando eras una niña.

–¿Cómo?

–¡Me has mentido!

–No, no... –dijo Molly, desesperada–. Yo no te he mentido. Además, ¿por qué me iba a inventar algo así? ¿Para qué?

–¡Para ganarte mi simpatía y sacarme dinero! –exclamó él con disgusto–. ¡Debería darte vergüenza!

–¡No! ¡Tú eres el que debería sentir vergüenza por ser tan desconfiado! –replicó ella, furiosa–. ¡Ni quiero tu maldito dinero ni te lo he pedido nunca! ¿Cómo te atreves a acusarme de ser una buscona?

–Yo no te he llamado eso. Lo has dicho tú misma.

Molly respiró hondo.

–No, no lo has dicho, pero sé leer entre líneas. No soy estúpida. Y, si eso es lo que piensas de mí, me pregunto qué otras cosas me estarás ocultando.

–Yo no te he ocultado nada.

–¿Ah, no? –ironizó ella.

–No.

–Te daré una pista. Una de una sola palabra.

–¿Qué palabra? –preguntó él, entrecerrando los ojos.

–Nasira –contestó Molly–. Y ahora, te agradecería que te apartaras de la puerta, porque no me dejas salir.

–¿Nasira? ¿Qué tiene que ver Nasira con nosotros?

Molly se quedó ligeramente desconcertada, porque Azrael no había reaccionado como esperaba. En sus ojos no había ningún sentimiento de culpabilidad. Solo había sorpresa.

–Tú también tienes secretos, Azrael.

–Los tengo, sí, aunque dudo que quisieras conocerlos. Pero no tengo ninguno en lo tocante a Nasira.

En lugar de discutírselo, Molly intentó apartarlo de su camino. Y fracasó.

–¡Déjame pasar!

–¿Por qué? ¿Adónde vas?

–Eso no es asunto tuyo.

–Todo lo tuyo es asunto mío. Eres mi esposa.

Molly le pegó un empujón y pasó a su lado.

–Tienes mucho que aprender de las mujeres. Pero no seré yo quien te lo enseñe.

–¿Qué significa eso? –preguntó Azrael, siguiéndola por el pasillo.

–¡Que cuando acusas a una mujer de ser una mentirosa y de estar detrás de tu dinero, esa mujer deja de ser asunto tuyo por completo! –dijo ella–.¡Estoy harta de Djalia y estoy harta de su estrafalario rey!

–Yo no soy estrafalario.

–Permíteme que lo dude. Hay que ser realmente raro para creer que mi abuelo no existe cuando tus guardaespaldas han estado conmigo en todas mis visitas a Maurice. ¿No te molestaste en hablar con ellos antes de montarme esta escena? No, claro que no.

Azrael no se lo pudo discutir, porque era verdad. Se jactaba de ser un hombre lógico y racional, pero su lógica había desaparecido inexplicablemente cuando más la necesitaba. Estaba tan enfadado y decepcionado con Molly que no se había parado a pensarlo. Y, para empeorar las cosas, Molly no se comportaba como una persona culpable, sino como una persona inocente a la que acusaban de forma injusta.

–Entonces, explícame cómo es posible que tu abuelo esté vivo y muerto a la vez.

–No, no te voy a explicar nada –dijo Molly al llegar a la habitación–. Me voy ahora mismo, con mi bolso y mi equipaje... No, no, el equipaje se queda aquí. Ninguno de esos objetos me pertenece. Los compré con tu dinero, así que no son míos.

–¡Basta ya, Molly! ¡No me vas a dejar!

Ella clavó en él sus ojos verdes.

–¿Que no? Fíjate bien.

Molly alcanzó el bolso y salió del dormitorio.

–Eres mi esposa...

–Y tú me has insultado repetidamente. ¡No voy a seguir con un hombre que tiene esa opinión de mí!

Azrael intentó ser razonable.

–Si he cometido un error, te compensaré. Pero no te puedes marchar.

–¡Claro que puedo! ¡Y no tienes derecho a cometer errores de ese calibre y esperar que te perdonen al instante!

–No permitiré que te vayas –le advirtió Azrael–. Esa opción no está en la mesa. Somos marido y mujer.

–¿Quieres que te recuerde que lo somos sin mi consentimiento?

Azrael soltó una maldición, la tomó entre sus brazos y la arrastró al dormitorio a pesar de sus protestas.

–Eso carece de importancia. No te vas a ir –dijo, sentándola en la cama–. Este es tu hogar.

–¡No me puedes obligar a quedarme aquí contra mi voluntad! –replicó ella, desafiante–. ¡Gritaré tanto que temblarán hasta las paredes! ¡Será una verdadera pesadilla!

–Explícame lo de tu abuelo –insistió él, haciendo caso omiso de su amenaza.

–¿Por qué tendría que explicarte nada?

–Porque sería una forma madura de afrontar el problema.

–Tú no eres quién para hablar de madurez. Has llegado a conclusiones absurdas, que no tienen ni pies ni cabeza.

–Bueno, es posible que mi experiencia general con las mujeres me haya convertido en un desconfiado y un cínico.

Molly cerró los ojos con fuerza, incapaz de soportar la idea de que Azrael estuviera con otra mujer. Sabía que era un sentimiento tan posesivo como irracional, pero no pudo evitarlo. Se sentía como si Azrael fuera suyo, en cuerpo y alma.

–Explícate –repitió Azrael.

–No hay mucho que explicar. Mi abuela se quedó viuda después de tener a mi madre, y se casó con Maurice Devlin, que crio a mi madre como si fuera hija suya. Puede que mi abuelo no sea genéticamente mi abuelo, pero lo es a todos los efectos que importan. Cuidó de mi madre y luego cuidó de mí. Es la única familia que tengo.

Azrael asintió.

–Gracias, Molly. Gracias por aclararme las cosas.

En ese momento, Azrael era un hombre hundido. Se sentía aliviado porque ahora sabía que Molly no le había mentido, pero también se sentía inmensamente culpable por haberla tratado de forma injusta e inmensamente ridículo por haber cometido una equivocación tan impropia de él. Y Molly, que se dio cuenta de su desazón, se relajó un poco y se preguntó qué experiencias habría tenido con las mujeres para comportarse de ese modo.

–Siento mucho lo sucedido. Te he insultado, y no te lo merecías en absoluto –prosiguió.

Molly parpadeó, perpleja. Jamás se habría imaginado que Azrael fuera capaz de disculparse, pero lo acababa de hacer.

–Eso no cambia nada. Sigo enfadada contigo –le confesó.

Azrael asintió y la miró a los ojos.

–He perdido los estribos...

–Bueno, todos los perdemos de vez en cuando –dijo ella, resistiéndose al impulso de darle un abrazo–. Pero no me puedo creer que pasaras de querer estar conmigo a no querer saber nada de mí en tan poco tiempo. Implica un grado de desconfianza terrible.

Azrael sintió pánico. Quería decirle muchas cosas, pero no estaba acostumbrado a hablar de sus sentimientos, y no sabía cómo explicar que su supuesta traición había avivado algunos de sus temores más desagradables.

Inseguro, se sentó en la cama, le acarició la mejilla y dijo:

–Me encanta tu vestido. Te queda muy bien.

Molly intentó mostrarse fría, pero no lo consiguió. Se sentía muy halagada.

–La próxima vez que vayas a Londres, te acompañaré e iremos juntos a ver a tu abuelo –le prometió.

Emocionada por su declaración, Molly se acercó a él y le pasó un brazo por encima de los hombros.

–Está bien, pero sigo enfadada contigo.

–Por supuesto que sí.

Azrael se inclinó entonces y besó sus labios sin poder resistirse a la tentación. Necesitaba sentir su cuerpo, y esa necesidad quebró el poco control emocional que le quedaba.

Capítulo 8

CUANDO Azrael la besó, Molly perdió todos los motivos que había ido acumulando para resistirse a él. Simplemente, desaparecieron de su cabeza como si no existieran.

¿Besaba tan bien como le parecía? ¿O era ella, que ardía en deseos de que la besara? Ni lo sabía ni le importaba, porque su boca era una sobrecarga de placer. Y en lugar de pensar, acarició su rizado cabello negro mientras él se desabrochaba la túnica y apretaba a Molly contra los almohadones de la cama, sin dejar de saborear sus labios.

Al cabo de unos momentos, él le bajó la cremallera del vestido y se lo intentó quitar por encima de la cabeza; pero solo consiguió estirar la tela elástica de la prenda, que volvió inmediatamente a su posición anterior. Entonces, Molly soltó una carcajada y se lo quitó ella misma.

–Hoy estoy particularmente torpe, ¿eh? –dijo él en tono de broma–. No te estoy causando una buena impresión.

Molly le puso las manos en la cara y sonrió.

–No necesitas impresionarme, Azrael.

Él apartó la vista de sus enrojecidos labios y la clavó en sus grandes senos, presos bajo un sujetador de color azul y blanco.

–Adoro tus pechos –dijo.

Azrael llevó las manos al cierre del sujetador, y lo soltó con tal destreza que se quedó secretamente encantado.

Ya no había ningún obstáculo entre él y las formas suaves y perfectas que anhelaba. Y como no lo había, se inclinó un poco más sobre ella y las acarició.

–Eres absolutamente preciosa.

Por primera vez en su vida, Molly se sintió realmente preciosa. No era para menos, teniendo en cuenta que Azrael la miraba como si no estuviera delante de una mujer, sino de una diosa del Olimpo. El calor que sentía entre las piernas aumentó un poco más, y su boca emitió un gemido de placer cuando él le lamió un pezón y lo succionó suavemente.

–Quítate la túnica –ordenó ella.

Azrael no había terminado de desabrochársela, pero se la quitó con un movimiento brusco, sin pararse a pensar en los botones. Molly aprovechó para admirar sus anchos hombros, su liso estómago y el vello que desaparecía bajo sus pantalones, que no obstaculizaron mucho más tiempo su vista; súbitamente, Azrael se levantó de la cama y se los quitó junto a los calzoncillos, en un solo movimiento.

Molly soltó un grito ahogado al contemplar su erección, y él le quitó los zapatos e intentó hacer lo mismo con las braguitas.

Sin embargo, Molly lo detuvo, completamente ruborizada.

–Vas demasiado deprisa para mí. Recuerda que soy virgen...

–No puedes echarme en cara mi entusiasmo, *aziz*

–dijo Azrael con humor–. Pero está bien, iré más despacio.

–Gracias.

Molly apartó la sábana de arriba y se tapó con ella.

–Siento ser tan tímida. Menos mal que tú no tienes ni un gramo de timidez.

–Si eso fuera cierto, no me habrían castigado tantas veces. Por ser tímido, por ser poco educado o por no cumplir con mis obligaciones.

–¿Castigado? –preguntó ella, sorprendida–. ¿Quién te castigaba?

–Firuz fue un padrastro bastante estricto. Me pegaba a menudo –contestó él con absoluta naturalidad, como si no tuviera importancia.

–Pero eso es horrible...

Azrael se encogió de hombros.

–Sobreviví a ello. Y ahora podría sobrevivir a cualquier cosa –declaró–. Me educaron para ser fuerte.

–¿Insinúas que serías capaz de pegar a tus propios hijos?

–¡No, por supuesto que no! –exclamó Azrael, mirándola con incredulidad–. Firuz es un tirano. Yo soportaba sus castigos por el bien de mi madre, que habría sufrido las consecuencias si me hubiera rebelado o me hubiera atrevido a desafiarlo. Pero mis hijos no tendrán que pasar por eso.

Molly se inclinó y le dio un beso en el hombro.

–Tuviste una infancia terrible.

–Bueno, es agua pasada. Prefiero no mirar atrás.

–Sí, supongo que es una forma de afrontarlo...

–No sé si lo es, pero tengo la obligación de ser fuerte.

Molly lo miró con tanta tristeza que él preguntó:

–¿Por qué te duele tanto?

–No lo sé.

Azrael volvió a acariciarle los pechos.

–Tienes un corazón demasiado grande, *aziz*.

Él la besó de nuevo, y el eco de la conversación que acababan de mantener se hundió en la ola del placer físico.

Azrael lamió entonces sus pechos, decidido a retirarle las braguitas sin que ella se diera cuenta. Luego, descendió de un modo tan felino como un jaguar e introdujo una mano experta entre sus muslos.

Molly nunca había sentido nada como el delicioso tormento que sufrió a continuación. Gritaba, gemía y se arqueaba mientras las abrumadoras sensaciones crecían en potencia e intensidad, tensándola con un hambre interior que necesitaba saciar. Clavaba las uñas en la sábana, pasaba las manos por el pelo de Azrael y, cuando ya creía que no podría soportarlo, alcanzó un orgasmo que la dejó gloriosamente satisfecha.

Momentos después, Azrael cambió de posición y declaró:

–Si te hago daño, dímelo.

Molly sintió el empuje de su duro miembro, y abrió los ojos de golpe ante la desconocida sensación. Pero su cuerpo estaba preparado, y lo estuvo todavía más al cabo de unos instantes, al ver la mirada de deseo que le dedicó Azrael.

Él la penetró un poco más, y ella sintió una punzada de dolor que le arrancó un pequeño grito. Sin embargo, no esperaba que su primera experiencia sexual fuera absolutamente indolora, y se negó a permitir que un instante desagradable rompiera la magia del momento.

Azrael se lo tomó con calma. Si hubiera podido, le habría hecho el amor de forma salvaje; pero se lo quería poner tan fácil como fuera posible, así que se contuvo y empezó a entrar y salir de ella lentamente, aumentando poco a poco la velocidad.

Molly echó la cabeza hacia atrás y cerró los ojos, intentando refrenar las furiosas sensaciones que la tensión y el calor de su pelvis emitían. Volvía a estar hambrienta, y su voracidad aumentó súbitamente cuando él la penetró hasta el fondo, todo erotismo y poder. Para entonces, ella ya estaba jadeando, y perdió el control por completo al sentir las primeras descargas del clímax, que Azrael alcanzó casi al mismo tiempo.

Durante los minutos posteriores, Molly se sintió como si estuviera en el paraíso, flotando entre las nubes.

–Ha sido asombroso –dijo Azrael–. Quiero que sigas siendo mía.

–¿Cómo? –preguntó ella con incertidumbre.

–No quiero que nos divorciemos dentro de unos meses. Quiero que sigas siendo mía.

Molly parpadeó. «¿Suya?». Azrael hablaba como si fuera un objeto de su propiedad.

–Eso no es lo acordado –replicó.

–Tampoco acordamos que haríamos el amor sin preservativo, pero lo acabamos de hacer.

Molly se sentó en la cama, asustada.

–Oh, Dios mío...

–Lo siento. No me he dado cuenta.

Ella sacudió la cabeza.

–Maldita sea... Si lo hubiéramos hecho hace un par

de semanas, no habríamos corrido ningún peligro. Estaba tomando la píldora, pero dejé de tomarla porque la caja se quedó en Londres cuando Tahir me secuestró. Tenía intención de empezar de nuevo a finales de mes.

–Puede que te haya dejado embarazada. Me he dejado llevar de tal manera que ni siquiera lo he pensado. Bueno, los dos nos hemos dejado llevar.

–¡Pero no quiero quedarme embarazada! –protestó Molly–. Es demasiado pronto. No estoy preparada para ser madre.

Azrael frunció el ceño.

–¿Por qué te incomoda tanto? Eres mi esposa, y es normal que una esposa tenga hijos.

–Será normal, pero las cosas no funcionan así en el resto del mundo. No tenemos hijos sin hablarlo antes. Es una decisión conjunta del hombre y la mujer.

Él se puso tenso.

–Si no querías tener un hijo mío, ¿por qué me has hecho el amor de esa manera? Admito que no lo he pensado, pero tú tampoco lo has hecho.

Molly apretó los dientes porque no estaba de humor para oír esa verdad. Desgraciadamente, no estaba acostumbrada a pensar en esos términos. ¿Cómo lo iba a estar, si acababa de tener su primera relación amorosa? Y para empeorarlo todo, Azrael se comportaba como si tuviera que sentirse honrada de quedarse embarazada de él, como si fuera el regalo de un dios a una simple mortal.

Por supuesto, Azrael no lo veía de la misma manera. Sabía que había cometido un error, pero estaba encantado con la perspectiva de tener un hijo con ella. Al fin y al cabo, Tahir y él eran los dos últimos miembros de su familia, y quería ampliarla con un montón de niños.

Además, y por muy enfadada que Molly estuviera en ese momento, estaba seguro de que sería una madre maravillosa; una madre muy distinta a la que él había tenido, siempre distante y reservada. Su calidez y su visión romántica de la vida eran perfectas para la maternidad. Estaba hecha para eso. Pero era posible que su negativa a quedarse embarazada no fuera de carácter general, sino concreto; era posible que no quisiera quedarse embarazada de él.

–En el futuro, me aseguraré de no hacerte el amor sin preservativo –declaró Azrael con frialdad–. Dejaré que seas tú quien decida si quieres llegar o no a ese mágico momento de tener un hijo. ¡Así no me acusarás de ser un primitivo que no se comporta como el resto del mundo!

Molly apretó los labios, pensando que su amiga Jan tenía razón cuando dijo que Djalia era un país muy atrasado. Para Azrael, el matrimonio estaba ligado obligatoriamente a tener hijos. Y había creído que ella opinaba lo mismo.

–En fin, será mejor que me marche. Nos volveremos a ver mañana, en la boda –le informó él–. Las criadas vendrán dentro de un rato y te ayudarán con los preparativos.

En ese momento, Molly se dio cuenta de que se había enamorado de él. Lo supo porque podía ver sus sentimientos con toda claridad, como si se hubiera vuelto transparente. Y se sentía tan herido que sintió el deseo de abrazarlo. Pero sabía que habría sido un error, porque Azrael tenía que aprender que no podía tomar decisiones unilaterales en su matrimonio.

Justo entonces, se acordó de lo que había dicho minutos antes: «Quiero que sigas siendo mía». Y se sintió tan feliz que estuvo a punto de confesarle que no tenía nada en contra de la maternidad. Sin embargo, eso tampoco era recomendable. Si se lo confesaba, abriría una puerta que no estaba dispuesta a cruzar. Los hijos no debían ser un accidente; y aunque lo fueran, no quería ser madre sin estar segura de que su matrimonio tenía futuro.

Por desgracia, Azrael y ella no habían hablado de casi nada. No habían hablado de sexo ni de métodos anticonceptivos ni del posible divorcio ni de ninguna de las muchas complicaciones que podían surgir. Y como no habían hablado, cualquier intercambio más o menos sincero de opiniones los podía herir u ofender.

Molly se puso a pensar en la frase que había avivado sus esperanzas. ¿Quería ser suya? ¿Quería quedarse con él? No se sentía con fuerzas para tomar decisiones que podían cambiar radicalmente su vida y, por otra parte, desconfiaba de su creciente adicción a Azrael. Era más volátil de lo que su fría y segura fachada parecía indicar.

Además, había muchas preguntas sin respuesta. ¿Qué sentía su esposo? ¿Le importaba de verdad? ¿O solo le importaba su cuerpo? No lo podía saber, pero todo era posible. Quizá buscaba una simple relación sexual. O quizá no, porque también cabía la posibilidad de que fuera ella quien se estaba negando un futuro por ser tan suspicaz como desconfiada.

Capítulo 9

MOLLY se llevó una agradable sorpresa al día siguiente, cuando la primera alumna que había tenido en la embajada de Djalia en Londres se presentó ante ella. Era hija de un diplomático, y había quedado tan contenta con sus clases que, antes de marcharse de Londres, recomendó sus servicios a Tahir.

–¡Zahra! ¿Qué haces aquí?

La joven y bella morena bajó la cabeza con timidez.

–Su Majestad me ha pedido que viniera. Quiere que sea tu intérprete y te explique el ritual de la boda.

–¿El ritual? ¿Es que habrá un ritual? –preguntó Molly con interés.

–Por supuesto. Eres la primera mujer que se casa con un rey de Djalia en el siglo XXI. ¡Te vas a llevar el tratamiento tradicional completo! –contestó Zahra con humor–. Es una pena que tengamos que viajar al desierto. La boda habría sido más sencilla si la hubiéramos celebrado aquí. Pero la tradición es muy importante para las tribus nómadas.

–Pues menos mal que has venido a ayudarme. De lo contrario, no entendería ni una sola palabra de lo que digan –replicó Molly–. Te lo agradezco mucho.

–Yo soy la agradecida. Es un gran honor para mi familia... mis padres están absolutamente encantados –dijo la joven con una sonrisa–. Aunque supongo que lo están porque quieren que me case con un buen partido, y creen que tú puedes facilitar las cosas. Pero los hombres de la corte son demasiado viejos para mí. La mayoría de los jóvenes murieron durante los combates con las tropas de Hashem.

–Eso es terrible.

–Afortunadamente, sobrevivió el más importante de todos, nuestro rey. Un hombre famoso por su valentía y su sabiduría.

–Sí, admito que es un hombre especial –dijo Molly en voz baja.

–Sí que lo es. El rey es la única persona de Djalia que puede unir a las distintas facciones. Incluso ha conseguido el apoyo del príncipe Firuz –comentó Zahra con una mueca de disgusto–. Es un tirano, pero tenemos que llevarnos bien con nuestros vecinos. Además, mantuvo a salvo a Su Majestad cuando todavía era un niño.

–Lo sé.

Molly y Zahra, que estaban en la entrada de palacio, se subieron al primero de los tres vehículos que esperaban en el vado. Los criados se repartieron entre los dos restantes, después de haber cargado el equipaje.

–Por suerte, el príncipe Firuz no asistirá a la boda. La ceremonia incluye ritos cristianos, y Firuz es muy rígido en materia de religión –continuó Zahra–. Pero discúlpame... No debería ser tan indiscreta. Mi padre se avergonzaría de mí.

–Y Azrael de mí –replicó Molly con sorna–. Pero necesito saber lo que está pasando. Y quiero saber la verdad, no una versión edulcorada.

El conductor del coche los llevó al helipuerto y, cuando ya habían despegado, Molly se asomó por la ventanilla y miró el grandioso palacio.

–¿Qué es ese edificio de la parte trasera? No lo había visto antes...

Zahra se asomó y contestó:

–Ah, son las cocinas y las oficinas nuevas.

Las dos mujeres intentaron proseguir con la conversación, pero las aspas del helicóptero hacían tanto ruido que no pudieron.

Tras el aterrizaje, las llevaron a un enorme campamento de jaimas negras, donde un grupo de mujeres empezó a cantar. Zahra explicó a Molly que los cánticos formaban parte de la ceremonia de bienvenida a la novia, y demostró su utilidad cuando evitó momentos después que las mujeres la metieran en una bañera de cobre que habían llenado de agua.

–Me quedaré en la entrada de la tienda para asegurarme de que no intentan bañarte por la fuerza –dijo Zahra–. Les he dicho que el baño es un asunto privado en tu cultura, pero son capaces de intentarlo otra vez.

–Muchas gracias, Zahra. No me agradaba la idea de bañarme desnuda delante de todo el mundo –le confesó–. Prefiero hacerlo sola.

Como Molly no podía rechazar completamente el rito, pidió que llevaran la bañera a la tienda. Pero ya se había bañado en palacio, así que se limitó a lavarse el pelo y poco más. Luego, se puso el vestido de novia que había comprado en Londres y llamó a Zahra para que la ayudara a subirse la cremallera.

–Es un vestido precioso –dijo Zahra, admirando las largas mangas de encaje–. No es habitual que las novias de Djalia se pongan vestidos occidentales, pero sospecho que se pondrán de moda cuando vean tus fotografías.

Al cabo de unos momentos, llegaron dos mujeres con un cofre de plata.

–Es el tradicional regalo del novio –le explicó Zahra.

–Ah, otra tradición.

Molly abrió el cofre, y se quedó asombrada al ver su contenido. Era un fabuloso conjunto de joyas.

–Son las joyas reales, que pasan de madre a hijo generación tras generación. La madre del rey, la princesa Nahla, solo las pudo llevar una vez... cuando se casó con el príncipe Sharif.

Zahra le puso el collar de esmeraldas y, a continuación, le dio los pendientes, también de esmeraldas. Molly tuvo la sensación de que formaba parte de la historia del país, sensación que se agudizó cuando la llevaron a la jaima donde esperaba Azrael. Estaba tan serio que llegó a la conclusión de que seguía enfadado por el asunto del embarazo; pero no le importó, porque lo encontraba tan atractivo que se excitaba cada vez que lo veía.

La ceremonia fue tan corta como encantadora. Azrael le puso un anillo de oro en el dedo y, por primera vez, Molly se sintió una mujer casada.

En cambio, su esposo prestó más atención a otras cuestiones; concretamente, a las pecas que se veían bajo el collar de esmeraldas y que, como bien sabía, llegaban hasta sus pechos. ¿Cómo era posible que deseara tan salvajemente a una mujer que no quería quedarse embarazada de él, a una mujer que no quería fundar una familia, a una mujer que pretendía consensuar la posibilidad de tener hijos?

Por suerte, Molly estuvo poco tiempo en su presencia. Diez minutos después, se la llevaron para quitarle el vestido de novia y ponerle la ropa que debía llevar durante la firma del contrato de matrimonio. Y libre ya de las limitaciones del vestido de novia, Molly aceptó el consejo de Zahra y dejó que las criadas le pusieran un vestido tradicional de Djalia, la maquillaran y le pintaran las manos con henna.

Cuando se miró en el espejo, no se reconoció a sí misma. El vestido era sencillamente precioso, una especie de túnica azul con perlas bordadas. Además, le habían recogido el pelo y se lo habían tapado con un velo tan sutil como bello.

Molly se preguntó si Azrael la encontraría más atractiva con las prendas tradicionales de Djalia que con la ropa occidental, y se lo preguntó de nuevo cuando fue a firmar el contrato, acto que se celebró ante un imán y en presencia de Zahra y Butrus, que hicieron las veces de testigos. Zahra le explicó que el imán le preguntaría tres veces si aceptaba los términos de su matrimonio, y que ella debía aceptar y firmar a la tercera.

A continuación, la pusieron en una silla y la llevaron en volandas a una jaima gigantesca, donde esperaba una multitud. Un grupo de mujeres empezó a cantar, y varios hombres tocaron unos tambores. Molly hizo un esfuerzo por sonreír cuando la sentaron en un estrado, y se dedicó a mirar a Azrael, que llegó con más pompa y ceremonia que ella.

Zahra se arrodilló entonces a sus pies y le fue explicando todos los pasos del rito, que incluía una bandeja con siete especias y siete platos diferentes que simbolizaban la pureza de la novia. Pero ella solo tenía ojos para su marido, que estaba magnífico con su túnica dorada.

–Lo vi por primera vez en un retrato de la embajada de Londres. No sabía quién era, pero me impresionó.

–Sí, Su Majestad suele provocar ese efecto en las mujeres –dijo Zahra con una sonrisa–. Sin embargo, Butrus me comentó que él también se quedó impresionado cuando te vio por primera vez.

Molly se preguntó si sería cierto, si era posible que Azrael hubiera sentido lo mismo que ella. Y justo entonces, su marido se sentó a su lado y Zahra se marchó.

–Zahra está siendo de gran ayuda –comentó Molly–. Me lo traduce todo y me lo explica todo. Creo que todavía no he cometido ningún error.

–Bueno, no te preocupes por los errores que puedas cometer. Los invitados saben que esto es nuevo para ti.

A continuación, les sirvieron la comida. Molly comió muy poco, porque no se sentía cómoda bajo el escrutinio de tantas personas. Pero se relajó más tarde, cuando Azrael participó en un asombroso baile acrobático con espadas de verdad.

Además, era evidente que todo el mundo estaba

encantado con la boda. De vez en cuando, Zahra se acercaba a ella y le presentaba a personas que deseaban conocerla y que le dedicaban todo tipo de cumplidos; sobre todo, por el collar de esmeraldas que llevaba al cuello. Al parecer, era un símbolo importante para los ciudadanos de Djalia.

Concluida la fiesta, se despidieron de los invitados y volvieron al helicóptero.

–¿Adónde vamos? –preguntó a Azrael.

–Ya lo verás. Espero haber hecho lo correcto, aunque Butrus dice que me he vuelto loco. La costumbre dicta que deberíamos pasar la noche en el campamento.

Molly se alegró de que su esposo hubiera incumplido la tradición, porque no estaba acostumbrada a ser el centro de atención de todo el mundo. Prefería estar a solas con él, aunque la perspectiva le causó cierta ansiedad. ¿Cómo se comportaría Azrael? ¿Seguiría enfadado con ella?

Cuando aterrizaron, él la tomó en brazos; y ella se lo agradeció, porque le costaba caminar con la pesada túnica y las joyas. Además, estaba tan oscuro que no veía casi nada. Solo distinguía una antorcha sujeta a lo que parecía ser una pared.

–¿Qué lugar es este?

Segundos más tarde, se dio cuenta de que no era una pared, sino una superficie de roca, lo cual le sorprendió.

–La cueva donde pasamos aquella noche –contestó él–. El helicóptero vendrá a buscarnos mañana por la mañana.

Molly se quedó boquiabierta. Evidentemente,

Azrael la había llevado a esa cueva porque le parecía un gesto romántico y, teniendo en cuenta que no era un hombre precisamente romántico, eso significaba que había hecho un esfuerzo por agradarle. Un esfuerzo que merecía agradecimiento.

–El cielo está precioso, ¿no te parece? Es una suerte que tengamos luna llena –declaró Azrael en voz baja.

Molly parpadeó. Su esposo se estaba esforzando de verdad por crear un ambiente digno de una noche de bodas. Era absolutamente increíble.

Cuando llegaron a la entrada de la caverna, se encontraron con un grupo de hombres que se inclinaron ante Azrael y le dirigieron unas palabras en su idioma. Azrael se giró hacia ella y tradujo sus palabras.

–Dicen que se sienten honrados de ser nuestra guardia esta noche.

Molly sonrió a los hombres y se dejó llevar al interior de la cueva, donde descubrió que habían hecho unos cuantos cambios. Había farolillos por todas partes, además de una cama de matrimonio, una mesa con comida, varias alfombras tendidas junto a un fuego y hasta unas toallas para secarse si decidían bañarse en la laguna.

–Por una vez, no estoy de acuerdo con Butrus. No estás loco, Azrael. Ha sido una idea maravillosa.

–Me alegra que te guste.

Azrael se sentó con ella en la cama.

–¿Cómo habéis conseguido meter una cama en la cueva? –preguntó Molly mientras se quitaba el velo y los zapatos.

–Con ayuda de la tribu que nos traía la comida a mi madre y a mí –contestó él, sacándose algo del bolsillo–. Espero que esto también te guste. Tenía intención de dártelo antes de firmar el contrato de matrimonio, pero no nos han dejado a solas ni un momento.

–Bueno, mejor tarde que nunca...

Ella abrió la cajita que le había dado y se quedó mirando el contenido, un anillo con una gran esmeralda oval rodeada de diamantes.

–Dios mío... Es impresionante –acertó a decir.

Él sacó el anillo de la caja y se lo puso en el dedo.

–Gracias. Muchísimas gracias, Azrael.

Molly comprendió entonces que la conversación sobre el futuro de su matrimonio tendría que esperar a otro momento. Azrael se había tomado muchas molestias, muchas más de las imaginables en un hombre que quisiera divorciarse de su mujer. Además, ya le había dicho que quería seguir con ella. «Quiero que sigas siendo mía». Y no podía negar que ella también quería seguir con él.

–¿Te importa que me dé un baño? –preguntó él–. Hace calor, y ha sido un día muy largo.

–No, por supuesto que no.

Molly se estremeció al imaginar su cuerpo desnudo. Estaba tensa desde que habían entrado en la cueva, y todo su cuerpo anhelaba el contacto de Azrael. Pero ¿querría hacer el amor con ella? Efectivamente, había sido un día largo y agotador. Sobre todo para él, que casi nunca dormía más de cinco horas.

Decidida a ponerse más cómoda, se empezó a quitar la pesada túnica.

–Permíteme –dijo su esposo, que se acercó a ayudarla–. Pero no te quites el collar de esmeraldas, por favor. Te he imaginado con ellas muchas veces, y quiero que las lleves puestas.

Molly se sentó en la cama después e hizo como si no lo estuviera mirando, aunque era exactamente lo que estaba haciendo. Azrael se desnudó con rapidez, y ella soltó un suspiro tan fuerte que él se dio la vuelta, preocupado.

–¿Qué ocurre?

–Tu espalda... No lo había visto antes –dijo Molly, señalando las marcas que tenía–. ¿De qué son?

–Firuz me hizo azotar cuando yo tenía diecisiete años –respondió–. ¿Se notan mucho?

Ella sacudió la cabeza.

–No, no, en absoluto.

–Menos mal.

–¿Te hizo azotar? ¿Literalmente?

Azrael asintió en silencio, como intentando enfatizar que no era un asunto del que le gustara hablar. Luego, caminó hasta la laguna y se metió en el agua, esperando que eso pusiera coto a la curiosidad de Molly.

Pero no se lo puso.

–¿Por qué hizo una cosa así?

Esa vez fue él quien suspiró.

–Cuando Firuz se casó con mi madre, llegó a un acuerdo con Hashem. Ni mi madre ni yo podíamos ser el centro de ninguna oposición política a su reinado –contestó–. Tienes que entender que mi padrastro no se podía arriesgar a enemistarse con Hashem, porque Quarein es un país pequeño, con poca capacidad militar.

–¿Y? –preguntó ella.

Azrael volvió a su silencio anterior, así que Molly hizo un esfuerzo, se desnudó por completo y, haciendo caso omiso de su propia timidez, caminó hasta la laguna, se metió en el agua y se sentó a su lado.

–¿Y? –insistió.

Su marido no tuvo más remedio que contestar.

–Cuando Hashem ejecutó a mi padre, mi madre se convirtió en su más feroz enemiga. Era una mujer muy valiente. Buscó financiación para los rebeldes y fue su líder de facto hasta que yo alcancé la mayoría de edad. Utilizaba Quarein como refugio, pero no te equivoques al respecto... Firuz era muy duro con ella. Es un hombre muy estricto. Y, cuando supo que alguien de su palacio se estaba comunicando con los rebeldes, montó en cólera.

Molly tragó saliva.

–¿Qué le hizo a tu madre?

–Nada, porque intervine y dije que los mensajes no eran de mi madre, sino míos –respondió Azrael–. A decir verdad, creo que Firuz supo que le estaba mintiendo, y que se conformó con mi explicación porque quería a mi madre, aunque fuera a su modo. Mientras pudiera castigar a alguien, estaba satisfecho.

–¿Ese es uno de los secretos que no me querías contar? –preguntó ella, recordando la discusión que habían mantenido por sus sospechas sobre Nasira.

–¿Y por qué querrías saber algo así? –replicó él, sinceramente sorprendido.

–No lo sé, pero quiero saberlo todo de ti.

Azrael la miró con extrañeza.

–Eres una mujer muy rara, ¿sabes?

–Es posible. Pero está bien que seamos distintos,

¿no crees? Nuestras diferencias tienen algo de fascinantes –dijo ella, que estaba deseando tocar su sexo.

Molly no se atrevió a tocarlo, porque tenía miedo de hacerlo mal. Pero Azrael le demostró que su miedo no estaba justificado, porque tomó su mano, la guio hasta el objeto de su deseo y dejó que lo masturbara.

Al cabo de unos momentos, él se dio cuenta de que Molly tenía dificultades para tocarlo en esa posición, así que la alzó en vilo y la sacó de la laguna.

–¡Vamos a mojar la cama! –protestó ella.

–¿Y qué?

Azrael la tumbó como si fuera un festín por saborear y admiró su cuerpo con satisfacción. Quizá no quisiera tener un hijo suyo, pero en ese momento no le pareció importante. Por una vez, quería disfrutar del presente y saborear sus placeres sin pensar en el pasado o el futuro. Además, era su noche de bodas. Y aquella noche no era el rey de Djalia, sino un hombre normal y corriente, con las necesidades de un hombre normal y corriente.

Hambriento, se puso entre sus piernas y besó el sexo de Molly; pero ella lo apartó y dijo, ruborizada:

–No. Ahora me toca a mí.

Ella se arrodilló a su lado, sin saber por dónde empezar. Le acarició los hombros, le acarició los pezones, pasó por encima de su tenso estómago y volvió a cerrar la mano sobre su sexo, regocijándose en el placer que le causó. Súbitamente, el gran Azrael estaba a su merced. Ahora, el poder era suyo. Y le encantó.

–Discúlpame si no lo hago muy bien.

Azrael no necesitaba que se disculpara, porque estaba más que dispuesto a dejarla experimentar. Y, cuando ella cerró la boca sobre su duro miembro, él pensó que era lo más erótico que había visto en su vida.

Molly lamió, chupó, lo masturbó y acarició su glande con los labios mientras su larga melena roja, que se había soltado, le acariciaba a su vez los muslos. Azrael tuvo que hacer un esfuerzo sobrehumano para no llegar hasta el final y, cuando vio que no podría refrenar el orgasmo, la apartó, la arrastró hacia su boca y la besó apasionadamente, acariciando sus senos.

–Te deseo. Te deseo con toda mi alma, Molly. Y no puedo esperar más.

Rápidamente, alcanzó uno de los preservativos que había llevado y se lo puso. Solo tardó unos segundos, y Molly estaba tan excitada que se abrió a él automáticamente, ansiosa por saciar su deseo.

Esa vez, Azrael le hizo el amor con pasión desenfrenada. Molly sentía tanto placer que quiso gritar, pero se acordó de los guardias de la entrada y se refrenó a duras penas. Su corazón latía con la potencia de un tren, y toda su piel ardía con la formidable intensidad de la experiencia. Era algo absolutamente increíble; un acto de posesión maravillosa que se extendió hasta que no pudo más y alcanzó el clímax.

Aún flotando, se apretó contra Azrael. No podría haber sido más feliz. Pero... ¿por qué? ¿Porque su esposo era un gran amante? ¿Porque era un hombre honrado, noble y muy atractivo? No podía negar que esas virtudes le gustaban, pero también estaba enamorada del héroe que había sufrido el azote del látigo en su juventud, aceptando un castigo que no le correspondía por proteger a su madre.

–He estado dando vueltas a lo del bebé... –susurró.

–No es necesario que hablemos de eso –la interrumpió Azrael–. Olvídalo. No pensaba con claridad cuando discutimos.

Molly se quedó desconcertada con su respuesta, y también se sintió algo herida. Por lo visto, Azrael también había estado reflexionando al respecto, pero había llegado a la conclusión contraria. Y ahora, cuando ella había decidido que tener un hijo era una buena idea, él había decidido que no lo era.

En su inseguridad, Molly se preguntó si ese cambio de opinión significaba que ya no quería seguir con ella. Pero también se preguntó qué iba a hacer con su vida si Azrael le pedía el divorcio.

Por desgracia, era consciente de que ni siquiera tenía derecho a enfadarse con él. Su esposo no le había pedido que se enamorara de él. Eso había sido cosa suya. Se había empezado a enamorar cuando vio su retrato en la embajada de Djalia.

Además, su acuerdo solo los obligaba a estar unos cuantos meses juntos. Podían ser marido y mujer, pero teóricamente, solo lo eran por conveniencia política, porque Azrael no se podía divorciar de ella hasta pasado un tiempo prudencial. E incluso era posible que ya estuviera planeando su segundo matrimonio; esa vez, con la princesa Nasira. Era posible que su relación solo fuera una especie de obstáculo pasajero en los planes de Azrael.

En otras circunstancias, Molly no se habría callado sus preocupaciones. Le habría preguntado por qué había cambiado de opinión. Pero la humillante sospecha de que no significaba nada para él la empujó al silencio.

¿Cómo había podido creer que un hombre como él querría estar con una mujer como ella? De repente, le parecía una idea completamente absurda. Y aunque su atormentada mente la intentó torturar una y otra vez con ese pensamiento, se negó a dejarse caer en la depresión. A fin de cuentas, no habría servido de nada. No habría cambiado nada.

Si aún le quedaba un ápice de sensatez, haría lo único que podía hacer en esa situación: reprimir sus emociones e intentar olvidar sus quiméricas esperanzas.

Capítulo 10

HAY ALGO en lo que no has pensado –dijo Molly cuando Azrael le enseñó los planos del complejo de viviendas que pensaba construir–. Si quieres que vengan expertos extranjeros y se queden aquí durante unos años, tendrías que considerar la posibilidad de abrir un colegio internacional.

–¿Un colegio internacional, cuando nuestro sistema educativo es tan básico? –preguntó él, frunciendo el ceño.

–Sé que es una decisión difícil, pero necesitas a esos expertos. Y no vendrán si no pueden estar con sus familias –observó ella–. Querrán que sus hijos sigan estudiando, aunque solo sea para que no se queden atrás cuando vuelvan a sus países de origen.

Azrael asintió. Había descubierto que Molly tenía la curiosa capacidad de ver detalles en los que él no había reparado, y de encontrar soluciones inteligentes a los problemas que surgían. De hecho, aquella vez no fue una excepción. Su apreciación era correcta. Djalia necesitaba a esos profesionales, y no los tendría si no les podían hacer una oferta atractiva.

–Zahra es profesora. Habla con ella y estudia la forma de abrir ese colegio tan pronto como sea posible.

Molly se quedó encantada con la propuesta.

–Zahra sabe mucho más que yo. Debería ser ella quien se encargara del proyecto.

–Puede que sepa más, pero la idea ha sido tuya y eres tú quien la debe llevar a buen puerto –dijo Azrael, sonriendo–. Ese será tu castigo.

Molly pensó que de castigo no tenía nada. Ahora tenía la oportunidad de desarrollar sus ideas y de trabajar con un hombre que la escuchaba y la apoyaba.

Solo habían pasado dos meses desde su boda oficial, y Molly ya había fracasado por completo en el intento de reprimir sus emociones y olvidar sus esperanzas. Estaba profundamente enamorada de él, y su amor crecía día a día. ¿Quién la había respetado tanto como Azrael? Solo Maurice. ¿Quién la había deseado tanto como Azrael? Nadie.

A pesar de eso, las inseguridades heredadas de su infancia alimentaban el miedo a que no la quisieran, y aún le aterrorizaba la posibilidad de que estuviera viviendo en una ensoñación y de que más tarde o más temprano Azrael la mirara a los ojos y se diera cuenta de que no estaba a su altura.

Por ese motivo, cada vez que sentía el deseo de preguntarle cuánto tiempo iba a durar su relación, se callaba. Prefería disfrutar de lo que tenía. Y por otra parte, era absurdo que se preocupara por algo que no estaba en su mano.

Durante las primeras semanas de su matrimonio, se habían dedicado a recorrer Djalia en helicóptero. Molly había visto todo lo que se podía ver, desde el desierto hasta los pozos petrolíferos, pasando por la verde y montañosa región del Norte del país. Poco a poco, Zahra se había convertido en su mano derecha, y ya la tenía por una buena amiga. Pero ni la propia Zahra estaba al tanto de sus temores.

Además, el comportamiento de Azrael no contribuía a tranquilizarla. En principio, solo iban a estar juntos unos meses, pero su esposo había olvidado el asunto y no lo había vuelto a mencionar. Era como si se hubiera convertido en un tabú. Y tampoco habían vuelto a hablar de tener hijos.

A veces, Molly se sentía como si estuviera viviendo en una fantasía romántica.

Por eso se alegró con el ofrecimiento de construir un colegio internacional. Los edificios no se construían de la noche a la mañana. No era un proyecto a corto plazo. Si Azrael hubiera tenido intención de divorciarse de ella, no le habría dicho nada; del mismo modo en que tampoco la habría acompañado a Londres ni habría querido conocer a su abuelo.

Molly estaba encantada con él en ese sentido. Su esposo trataba a Maurice como si fuera un miembro de su propia familia, y se había alegrado enormemente cuando el anciano la reconoció, aunque solo fuera durante unos momentos. Sabía lo que Maurice significaba para ella, y se mostraba tan cariñoso y comprensivo como podía.

A decir verdad, Azrael se acercaba bastante al marido perfecto. Se divertían juntos y tenían valores similares, sin contar el hecho de que era un amante excelente, que hacía que se sintiera la mujer más sexy del mundo. Era atento, generoso y mucho menos refinado de lo que había pensado al principio. No tenía más intereses que el bienestar de su pueblo y el bienestar de su esposa.

Sí, Molly estaba enamorada de él; pero también lo admiraba y respetaba. Y era absolutamente feliz a su lado.

Pero eso no impedía que de vez en cuando se llevara algún disgusto. Por ejemplo, el que se había llevado un par de semanas antes, cuando le llegó la regla con normalidad. En el fondo, deseaba haberse quedado embarazada, y se maldijo a sí misma por desearlo, porque no quería tener un hijo si su relación iba a ser pasajera. Y Azrael debía de ser de la misma opinión, porque ya no hacían el amor sin preservativo.

–Así no tendrás que preocuparte por un posible embarazo –le dijo un día.

Naturalmente, Molly podría haber puesto fin a sus temores por el sencillo procedimiento de hablar con él y preguntarle si su matrimonio tenía algún futuro. Pero la experiencia con su padre, que se había negado a defenderla de su abusiva madrastra, le había enseñado que forzar las situaciones podía ser peligroso, y no quería decir nada que pudiera acelerar el final de su relación.

–¿Dígame?

Molly se sobresaltó un poco al oír la voz de Azrael, que la sacó súbitamente de sus pensamientos. Alguien le había llamado por teléfono y, por su expresión, no parecía que lo hubiera llamado para darle buenas noticias.

Cuando terminó de hablar, se giró hacia ella y dijo:

–Me tengo que ir.

–¿Qué ha pasado?

–Nada que quieras saber.

–Por supuesto que lo quiero saber –protestó Molly.

El teléfono de Azrael sonó otra vez, y su comportamiento no fue más tranquilizador que en el caso anterior. Era obvio que había pasado algo. Algo relacionado con Tahir, cuyo nombre oyó Molly sin querer.

Ella ya se estaba preguntando qué otro desastre habría causado su hermanastro cuando Butrus llamó a la puerta y entró en la sala, tan acalorado como si hubiera subido corriendo las escaleras.

–Ha surgido un problema de carácter diplomático –dijo Azrael a su esposa–. Me temo que tendré que solucionarlo personalmente.

Azrael no le dio más explicaciones. Se dirigió a la salida en compañía de su asesor y se marchó sin más.

–¡Maldita sea! –bramó Molly.

Como no tenía nada que hacer, llamó a Zahra y le pidió que comiera con ella. Tenía intención de sonsacarle información, pero su amiga se mostró extrañamente cauta al principio, y Molly se preguntó por qué.

–Sé que hoy es un día difícil para ti –declaró Zahra en determinado momento.

–¿Difícil? ¿Por qué dices eso?

–Por la visita del príncipe Tahir, claro. Estoy segura de que el rey tampoco quería verse involucrado en ese problema. Tahir es su hermanastro, y no tiene más remedio que darle su apoyo; pero también es el hombre que secuestró a su esposa y le dio un susto de muerte –contestó Zahra–. Aunque, por otra parte, es lógico que un adolescente reaccione mal cuando lo castigan y le quitan su libertad.

–No sabía que estuvieras informada de mi secuestro.

–¿Cómo no lo voy a estar? Recuerda que tengo

muchos contactos en el cuerpo diplomático... Si la embajada no se hubiera mostrado tan tolerante con los caprichos de Tahir, no se habría atrevido a secuestrarte. Si alguien hubiera intervenido a tiempo, habría evitado el escándalo. Pero ¿quién soy yo para criticar a nadie? Me siento terriblemente culpable por haber sido la persona que te recomendó a Tahir.

–Oh, vamos, no fue culpa tuya. Los errores de Tahir son suyos, no de los demás –replicó Molly–. Pero cuéntame lo que ha pasado, por favor. ¿Qué ha hecho ese chico?

–Ya contestaré yo a esa pregunta.

Las dos mujeres se giraron hacia el hombre que acababa de hablar. Era Azrael, que se plantó ante ellas. Zahra se levantó, hizo una reverencia y se fue.

–Sí, ya sé que no debería haberle preguntado eso a Zahra –dijo Molly, adelantándose a una posible crítica–. Pero ¿qué quieres que haga? Por lo visto, soy la única persona de palacio que no sabe lo que ocurre.

–No te lo dije antes porque no quería preocuparte. Tahir ha vuelto a meter la pata, y estoy haciendo lo que puedo por solventar el problema.

–Tu hermanastro es incorregible.

–Lo es, aunque esta vez no tiene toda la culpa, ni mucho menos. No se habría fugado si su padre no hubiera...

–¿Se ha fugado?

–No solo eso –dijo Azrael con una sonrisa–. Se saltó el paso fronterizo, y los soldados de Quarein entraron en Djalia en su persecución, lo cual causó una pequeña escaramuza con nuestras tropas. Los de Quarein quisieron llevárselo, pero los nuestros se negaron a entregar a mi hermanastro porque, cuando por fin se detuvo, descubrieron que necesitaba atención médica. De hecho, ha pedido asilo político.

Molly se quedó absolutamente perpleja.

–¿Asilo político? ¿Tahir?

–Tiene derecho a solicitarlo. Y mientras yo me debato entre el enfado y la solidaridad con Tahir, el príncipe Firuz está a punto de estallar.

–Ese chico es un genio buscándose líos –comentó ella.

Azrael asintió.

–Siento que esté bajo nuestro techo, teniendo en cuenta lo que te hizo.

–No lo sientas. No me importa en absoluto. Pero me preocupa que te hayan involucrado en un problema con el que no tienes nada que ver.

–Eres muy generosa –dijo él–. Por desgracia, estoy entre la espada y la pared. Tahir es mi hermanastro, y sé lo que se siente al sufrir lo que ha tenido que sufrir...

–¿A qué te refieres?

–Su padre lo mandó azotar en castigo por haberte secuestrado.

Molly se puso pálida. Quería que Tahir recibiera un castigo por lo que había hecho, porque necesitaba aprender que había comportamientos del todo inadmisibles. Pero azotarlo era una verdadera barbaridad.

–Firuz es un hombre de excesos. Tahir es su único hijo, y lo mimó demasiado. Lo convirtió en un irresponsable, y ahora espera que se comporte de forma madura –continuó Azrael–. El pobre Tahir está destrozado. Ha roto a llorar en mis brazos como si fuera un niño. ¿Cómo puedo obligarle a volver a Quarein?

Molly lo pensó un momento y dijo:

–Deja que se quede hasta que las cosas se calmen. No saldría nada bueno de un enfrentamiento inmediato entre padre e hijo. Si yo estuviera en tu lugar, daría largas al príncipe Firuz.

Azrael sonrió.

–Eso es exactamente lo que estoy haciendo. Oh, Molly... eres una mujer excepcional. Otras me habrían pedido que lo echara de palacio.

–Sería bastante injusto, ¿no crees? Por lo que me has contado, ha pagado su delito con creces –comentó.

Molly estuvo a punto de añadir que estaba en deuda con el joven porque, si Tahir no la hubiera secuestrado, no lo habría conocido a él. Pero se lo calló y se limitó a admirar sus dorados ojos, recordando las tórridas escenas de la noche anterior.

Incómoda, cambió de posición y se cruzó de brazos, sintiendo vergüenza de sí misma. Azrael la excitaba hasta en los momentos más inadecuados. Y él, que tenía el mismo problema con ella, se alejó hacia la ventana porque su cercanía física lo estaba poniendo igualmente nervioso. La deseaba constantemente, por muchas veces que le hiciera el amor.

–Me encargaré de que lo lleven a otra parte cuando el médico le dé el alta.

–¿Tan mal está?

Azrael asintió de nuevo.

–Firuz ha hecho una verdadera estupidez. Ha dañado profundamente su relación con Tahir. Y esa no es una herida que se cure pronto.

–A ti te hizo lo mismo.

–Pero ni yo era sangre de su sangre ni era tan frágil

como Tahir. Por desgracia, Firuz se quedó espantado con lo que te hizo, aunque no pasara nada. Tiene miedo del escándalo, y no tolera ningún tipo de exceso; sobre todo, si lo comete su propio hijo. Pero qué se le va a hacer. Lo hecho, hecho está. No tiene fácil solución.

Molly se acercó y le puso las manos en los hombros.

–No es culpa tuya. Te han arrastrado a un conflicto con el que no tienes nada que ver, y no deberías darle demasiadas vueltas.

Azrael se giró hacia ella.

–No sabes cuánto lo lamento –dijo–. No quería que nadie te recordara lo que has tenido que sufrir.

–A veces creo que te encanta buscar excusas para sentirte mal y cargar con el peso del mundo. Ni ese problema es tuyo ni lo puedes resolver mágicamente. Es algo que deben solucionar ellos mismos.

–Sí, supongo que tienes razón...

–¿La prensa se ha enterado?

–Sí, pero se está comportando con una responsabilidad encomiable. Son conscientes de que nadie sacaría ningún beneficio de enfadar al jefe de Estado de un país vecino y humillarme indirectamente a mí, teniendo en cuenta que soy el hermanastro de la víctima –replicó Azrael–. Ese chico es un irresponsable. No debería haber desafiado a su padre de esa manera.

–No lo pienses más. No tiene sentido.

–Me temo que las cosas no son tan fáciles. Esta noche, tendremos que asistir a una velada en la embajada de Quarein. El príncipe Firuz estará presente, e insistirá en que le devolvamos a su hijo.

–No te preocupes. Nos las arreglaremos.

Azrael cerró las manos sobre sus mejillas, se apretó

contra su cuerpo y la besó dulcemente hasta que alguien llamó a la puerta, arrancándole un gemido de frustración.

Molly, que ya estaba acostumbrada a ese tipo de interrupciones, dio un paso atrás y se puso a pensar en lo que debía ponerse para la fiesta de la embajada. Tras considerarlo un momento, se decantó por un vestido tradicional. Firuz era un hombre conservador, y se lo ganaría con más facilidad si se presentaba ante él de esa manera.

Cuando se quedaron a solas, Azrael se desnudó por completo y se dirigió a la ducha. Molly admiró el cuerpo de su esposo y dijo:

–¿Me pongo las esmeraldas esta noche? No estoy segura de que sea lo más adecuado. No quiero que el príncipe Firuz se acuerde de tu difunta madre.

–Descuida. Mi madre no se las puso nunca después de la muerte de mi padre. Póntelas si quieres –replicó él.

Al salir de la ducha, Azrael vio que Molly se había puesto un vestido tradicional, lo cual le sorprendió.

–¿Por qué te has vestido así?

–Porque tu padrastro es un hombre chapado a la antigua, y supongo que no le gustaría verme con ropa occidental.

–Tonterías. Eres mi esposa, y debes vestirte como a ti te guste. Ponte otra cosa.

Algo angustiada por el esfuerzo de tener que cambiarse de ropa en el último momento, Molly se puso el vestido verde y unos zapatos de tacón alto. Luego, Azrael se le acercó por detrás y le cerró el collar de esmeraldas alrededor del cuello.

–Estás impresionante –le susurró al oído–. Te devoraré esta noche, cuando volvamos. Pero solo cuando te quites esa diabólica prenda.

Molly soltó una carcajada, recordando que la tela elástica de la prenda le había complicado la vida alguna vez.

Ya se disponían a marcharse cuando Butrus se presentó en sus habitaciones. Al parecer, el médico quería hablar con el rey sobre el estado de su hermanastro.

–Será mejor que te adelantes y vayas a la embajada. Yo llegaré en cuanto pueda –dijo Azrael a su esposa.

Molly asintió y se puso en camino, tensa. Al llegar a la embajada, se le acercó el embajador y un hombre de barba larga y mirada severa que, evidentemente, debía de ser el príncipe Firuz. A Molly no le sorprendió que la mirara de ese modo, porque era la culpable de que Azrael no se hubiera casado con Nasira. Y para empeorar las cosas, también era la joven a la que Tahir había secuestrado.

–Alteza... –dijo, haciéndole una reverencia.

Su conversación empezó de forma agradable, aunque el ambiente estaba cargado de tensión. Molly supuso que los invitados estaban informados de lo sucedido y que, por tanto, eran conscientes de la difícil situación en la que se encontraban. Pero, al cabo de un rato, el embajador se excusó y los dejó a solas.

–Se nota que es una mujer muy inteligente –comentó Firuz.

Molly decidió interpretar sus palabras como un halago y no buscar dobles sentidos en ellas.

–¿Por qué lo dice?

–Porque se las arregló para llevar a mi hijo al borde de la locura y, acto seguido, sedujo a mi hijastro y se casó con él –contestó el príncipe Firuz en voz baja–. Pero no se haga demasiadas ilusiones. No será reina durante mucho tiempo.

–¿Ah, no? –dijo ella, decidida a no dejarse enfadar.

–Mi sobrina Nasira será reina de Djalia cuando Azrael tome una segunda esposa. Usted quedará relegada a un papel secundario, a una simple distracción. Y, si no está preparada para compartir a su marido, le recomiendo que se marche cuanto antes.

Molly se sintió enferma. ¿Una segunda esposa? Era uno de los temas que no había tenido ocasión de discutir con Azrael, lo cual significaba que tampoco conocía su opinión al respecto. Sin embargo, estaba informada de las costumbres culturales del país, y sabía que tener varias mujeres era relativamente común. De hecho, Hashem había tenido todo un harén.

Justo entonces, Azrael apareció a su lado. Le pasó un brazo alrededor de la cintura y dirigió unas palabras en árabe al príncipe Firuz. Molly no pudo entender lo que decían, pero tuvo la sensación de que su esposo le estaba informando sobre el estado de Tahir. Y un momento después, Firuz salió de la habitación.

–Nos quedaremos media hora y nos marcharemos –dijo Azrael–. Pero ¿por qué has venido sola? Pensé que vendrías con Zahra.

–No he querido molestarla. Ya se había ido a casa, y como tú ibas a llegar en cualquier momento...

Azrael la miró y frunció el ceño.

–Estás muy pálida. ¿Qué te ha dicho Firuz?

–Te lo contaré más tarde. Este no es un lugar adecuado para hablar de esas cosas.

A decir verdad, Molly se sentía algo culpable por haber permitido que el príncipe Firuz la incomodara. Desde su punto de vista, había destrozado el futuro de su sobrina Nasira y había provocado la desgracia de su hijo. Era normal que estuviera furioso con ella y hasta que intentara enfrentarla a Azrael. El error era suyo, por haber caído en su trampa y haberse tomado en serio lo de la segunda esposa.

–Tahir no podría viajar aunque quisiera. El médico ha dicho que su estado no lo permitiría –le informó Azrael–. Eso me pone en una situación difícil. No le puedo dar la espalda, pero tú eres mi esposa y, en consecuencia, mi primera preocupación.

–No te preocupes por eso. Supongo que soy capaz de enfrentarme a un adolescente enfadado. Además, es tu hermanastro y ha acudido a ti en busca de ayuda. Y no me digas otra vez que soy una mujer muy generosa, porque no lo soy. No he perdonado a Tahir. Me limito a ser pragmática –afirmó ella–. Además, Tahir se merece una segunda oportunidad.

–Nasira me ha pedido que lo eche, para que no tenga más remedio que volver a Quarein.

–¿Nasira? No sabía que estuvieras en contacto con ella.

–Nos vimos otra vez cuando te fuiste a Londres, y hemos cruzado algunos mensajes desde entonces.

–¿Dónde os visteis?

–En Dubái, durante una recepción. Me llevé una sorpresa cuando Firuz apareció con ella. Se notaba que estaba incómoda, y que solo había ido porque su tío quería que se encontrara conmigo.

Molly tragó saliva, en pleno ataque de celos. ¡Estaba en contacto con Nasira! ¡Se enviaban mensajes! ¿Cómo era posible que no le hubiera dicho nada? Al parecer, sus relaciones eran más estrechas de lo que se había imaginado. Quizá, demasiado estrechas.

Cuando volvieron a palacio, estaba tan enfadada que casi no lo podía disimular.

–Bueno, ya estamos a solas –dijo él–. ¿Qué te ha dicho Firuz?

–Preferiría dejar esa conversación para otro momento. Me duele la cabeza.

Azrael frunció el ceño.

–Veo que te ha molestado de verdad.

–No, en absoluto –replicó ella, intentando quitárselo de encima.

Por desgracia para ella, Azrael era un hombre obstinado, e insistió en saber lo sucedido.

–¿Qué te ha dicho, Molly?

Molly respiró hondo.

–¿Estás seguro de que lo quieres saber?

–Por supuesto. Es evidente que te ha afectado mucho. Intentas disimularlo, pero se nota que estás enfadada.

–No estoy enfadada por eso.

–Entonces, ¿por qué lo estás?

–Porque no puedo confiar en ti.

–¿Cómo? –preguntó él, desconcertado.

–Has estado enviando mensajes a otra mujer.

–Sí, es verdad, pero no por las razones que al parecer te imaginas –se defendió Azrael–. De hecho, Nasira se llevaría un buen disgusto si sospechara que la crees capaz de intentar seducir a un hombre casado.

–¿Ah, sí? ¡Pues es exactamente lo que ha estado haciendo! –bramó Molly–. No te atrevas a negarlo. Firuz quería que te casaras con ella.

–¿Y qué? Para empezar, nunca consideré seriamente la posibilidad de casarme con su sobrina. De hecho, no tenía intención de casarme con nadie. Estaba demasiado ocupado con mis obligaciones políticas y, como era joven, no tenía ninguna prisa por sentar la cabeza –le explicó él–. Además, te equivocas por completo en lo tocante a Nasira. Solo es culpable de dejarse someter por Firuz. Es una buena mujer.

–¿Una buena mujer? –preguntó ella, irritada.

–¿Se puede saber qué te pasa? ¡No hemos estado coqueteando! No se trata de eso.

–¿Y de qué se trata, si se puede saber?

–Me ha estado aconsejando sobre el problema que tienen Firuz y Tahir. Hace un rato, me ha recomendado que me mantenga al margen. Y sería un buen consejo en circunstancias normales... Pero Nasira no sabe que Tahir ha amenazado con suicidarse si lo devuelvo a Quarein.

Molly se quedó tan atónita que sus celos desaparecieron al instante.

–¿Tahir tiene tendencias suicidas?

–No, yo no diría tanto. El psicólogo dice que solo está deprimido, y que se recuperará si puede descansar unas semanas en algún lugar seguro.

–Oh, lo siento mucho. No sabía que su situación fuera tan complicada –se disculpó Molly–. ¿Por qué no me lo habías dicho antes?

–Te lo habría dicho si lo hubiera sabido, pero no lo he sabido hasta esta noche, después de hablar con el médico –contestó Azrael, que suspiró–. Legalmente, mi hermanastro sigue siendo menor de edad; pero espero que Firuz entre en razón y le permita quedarse en Djalia hasta que se recupere. Naturalmente, podría acudir a los tribunales y pedir su extradición, pero no creo que quiera un escándalo.

–Tendría que haberme dado cuenta. Tendría que haberlo sospechado cuando dijiste que se comportaba como un niño.

–Bueno, ya se le pasará. Y ahora, volvamos con tu obsesión con Nasira.

–¡No es ninguna obsesión! –protestó Molly–. Sencillamente, tendrías que haber sido más sincero sobre tus relaciones con ella. Sobre todo, teniendo en cuenta que Firuz la llevó a Dubái con la evidente intención de que me abandonaras y te casaras con su sobrina.

Azrael frunció el ceño.

–Molly, piensa un momento en lo que estás diciendo. Nasira y yo nos conocemos desde la infancia. Es la sobrina de mi padrastro, un miembro de mi familia. Es normal que tengamos relación –le recordó–. Además, nosotros ya estábamos casados cuando viajaste a Londres. Firuz no tenía ninguna posibilidad de salirse con la suya.

Molly se sintió avergonzada por haber dudado de él. Pero aún no estaba totalmente segura de haberse equivocado, así que dijo:

–Firuz dice que podrías tomar una segunda esposa.

Azrael la miró con incredulidad.

–¿Estando casado contigo? ¡De ninguna manera!

–Pero es posible, ¿no?

–No, no lo es. Yo no seguiré los pasos de Hashem. No comparto esa práctica, aunque siga siendo habitual entre las familias ricas de Quarein –contestó él–. Y mi madre tampoco la compartía. Se casó con Firuz con la condición de que no tomara más esposas.

Molly bajó la cabeza, mortificada.

–Te he ofendido, ¿verdad?

Azrael apretó los labios. Estaba furioso con ella, pero era consciente de que su furia solo empeoraría las cosas, de modo que prefirió guardar silencio.

–Lo siento sinceramente –continuó ella–. Pero ¿qué podía pensar? Firuz me dijo que terminarías casándote con Nasira, y que yo quedaría relegada al papel de amante.

Azrael sacudió la cabeza.

–Nasira es un simple peón para mi padrastro. La manipuló para aumentar su influencia política en Djalia, y ahora la utiliza como arma para causar problemas en nuestra relación. Te ha mentido descaradamente, Molly. El príncipe Firuz me conoce muy bien, y sabe que nunca tomaría una segunda esposa. Te ha dicho eso con la esperanza de provocarte y conseguir que nos divorciemos.

–¿Nunca tomarías una segunda esposa? ¿En ninguna circunstancia?

–En ninguna –afirmó él–. Y, francamente, me sorprende que hayas dado crédito a las mentiras de Firuz.

–Bueno, yo...

–¿Tan mala opinión tienes de mí? –le preguntó–. Además, ¿por qué me iba a casar con otra mujer?

Molly se ruborizó.

–Porque nuestro matrimonio no es de verdad.

–Claro que lo es. Lo ha sido desde el principio.

–Azrael, acordamos que solo duraría unos meses –le recordó ella.

–Y luego manifesté mi deseo de que te quedaras conmigo. Fui bastante claro al respecto, y puedes estar segura de que no soy de los que dicen esas cosas en vano –declaró Azrael con impaciencia–. ¿Crees que estaba de broma?

Molly se sintió acorralada.

–No, no creo que estuvieras de broma, pero como no lo volviste a decir...

–¿Y qué más querías que dijera? –replicó él, frustrado–. Fui tan explícito como podía ser. Te dije que te quería conmigo, que ya no quería un matrimonio temporal.

Ella sacudió la cabeza.

–No, tú no dijiste eso.

–Quizá no lo dijera con esas mismas palabras, pero lo dije. Estás siendo injusta conmigo, Molly. ¿Crees que te abriría mi corazón si no te amara? Especialmente, después de saber que no querías tener un hijo conmigo.

–¿Es que me quieres? –preguntó Molly, anonadada.

–Me parece increíble que preguntes eso a estas alturas. ¿Es que no es obvio? Sé que no he declarado mi amor a viva voz, pero te lo he demostrado de todas las formas posibles.

Molly se sintió tan mareada que se tuvo que apoyar en la cama.

–¿Me estás diciendo que me amas?

–Pues claro.

–Demuéstramelo.

Él se pasó una mano por el pelo.

–Molly, me enamoré de ti en la cueva, durante aquella tormenta de arena, aunque no me di cuenta hasta después de la boda. Me hundí por completo cuando creí que habías mentido sobre Maurice. No me había sentido tan mal en toda mi vida, y era normal que me sintiera así, porque creí que la mujer de mis sueños era una estafa. Pero no lo eres. Claro que quiero estar contigo. Quiero estar contigo hasta el fin de mis días. Te quiero con locura.

Molly estaba tan abrumada con lo que acababa de oír que se le llenaron los ojos de lágrimas.

–Cuando te da por hablar, eres de lo más romántico.

–¿Tú crees?

–Sí, por supuesto que sí –contestó ella con dulzura–. Pero yo no he dicho nunca que no quiera tener hijos contigo.

–¿Es que los quieres tener?

–Sin duda alguna. Puede que no te hayas dado cuenta, pero yo también estoy enamorada de ti –declaró Molly.

Azrael la tomó de las manos y sonrió.

–¿Y por qué no me lo habías dicho? ¿Qué pretendías? ¿Sentirte una víctima para tener algo contra mí? –dijo en tono de broma.

Molly sacudió la cabeza.

–No, no me lo callé por eso. Solo intentaba recuperar el control de mis emociones, pero es inútil cuando estoy contigo.

–Porque los dos somos igualmente apasionados

–dijo él, mirándola con adoración–. Solo soy yo mismo cuando estamos juntos. Contigo no tengo que fingir. No esperas que sea perfecto, así que me puedo relajar.

–Ahora mismo, yo diría que eres el hombre más perfecto del mundo.

Molly dio un paso atrás y se quitó el vestido por encima de la cabeza, ofreciéndole una visión preciosa de su cuerpo. A cambio, él se desnudó a toda prisa, la tomó en sus brazos y la llevó a la cama.

–Creo que me puedo acostumbrar a eso de ser perfecto –bromeó.

Molly le dio un beso en los labios.

–¿Podemos esperar unos meses antes de empezar a pensar en tener una familia? –preguntó ella–. Me encanta la idea, pero aún no estoy preparada.

Él se rio.

–Yo también prefiero esperar un poco. Me enfadé aquel día porque me sentí rechazado, pero nada más.

–Si me hubieras dicho que estabas enamorado de mí, las cosas habrían sido distintas.

–Y también lo habrían sido si tú te hubieras dado cuenta de que me sentí rechazado porque te quería –observó él–. Pero tampoco tiene tanta importancia. Supongo que, como los dos tuvimos una infancia difícil, estamos obsesionados con la seguridad emocional.

–Sí, supongo que sí.

Molly sonrió. De repente, era una mujer feliz. Estaba con el hombre que quería, y era suyo en cuerpo y alma.

–Se me ha ocurrido una idea –dijo él.

–¿Cuál?

–Todos los años, cuando llegue el día de nuestro aniversario, nos iremos a la cueva donde empezó todo.

–Ah, ahora que mencionas la cueva... ¿Qué pasó con mi sujetador? Nunca lo he sabido.

Azrael carraspeó.

–Se enganchó con la toalla y se rompió el cierre. No sabía qué hacer con él, así que lo enterré –contestó.

Molly rompió a reír.

–¿Que lo enterraste?

–Bueno, no era un asunto del que quisiera hablar en ese momento. No en ese punto de nuestra relación.

Azrael sonrió y la empezó a acariciar.

Los dos se sumieron entonces en un silencio solo roto por los gemidos de placer y los sonidos de una felicidad compartida. Luego, ella le dijo lo mucho que lo amaba y Azrael declaró que él la quería más. Naturalmente, Molly se lo discutió, y su esposo se defendió con el argumento de que le había demostrado su amor de mil formas distintas.

–Es posible, pero tendrías que habérmelo dicho antes –insistió ella–. Eres demasiado parco en palabras.

–Y tú hablas demasiado.

Azrael la volvió a besar y, por una vez, Molly le dejó ganar una conversación.

Epílogo

TRES años después, Molly entró en la antigua sala de recepción de palacio, que había pasado al nuevo edificio de oficinas. La familia real necesitaba más espacio desde el nacimiento de Sharif, que ya tenía dos años, así que se habían quedado con la sala para uso y disfrute personal.

Tahir estaba jugando con el niño, como tantas veces. El hermanastro de Azrael los visitaba con frecuencia desde que se había visto obligado a dejar temporalmente Londres, donde estaba estudiando, para cuidar de su padre. El príncipe Firuz había sufrido un infarto, y su salud no mejoraba. Pero Tahir había cambiado mucho, y se había convertido en un joven tan fuerte como seguro.

–Hola, Molly –dijo con calidez–. Tu hijo es muy exigente. Cada vez que me quiero ir, se pone a gritar y se aferra a mis piernas.

Molly tomó a su hijo en brazos. Había salido a su padre en el color del pelo y a ella, en el color de los ojos. Ya estaba bastante crecido, así que estaba pensando en quedarse embarazada otra vez al año siguiente, aunque no se podía decir que tuviera mucho tiempo libre para cuidar de otro niño. El proyecto del colegio internacional había llegado a buen puerto, y ahora formaba parte de la junta directiva.

Sin embargo, esa no era la única de sus ocupaciones. Decidida a ayudar a su marido en la transformación del país, se había involucrado a fondo en su política de turismo, y hacía las veces de embajadora informal de Djalia. Pero sus momentos más felices eran los que pasaba en compañía de Azrael y Sharif.

–A veces, mi hijo es un verdadero manipulador. Y no me extraña, porque tu hermano y yo somos los únicos que nos atrevemos a llevarle la contraria.

–Pues seguid así. Si a mí me la hubieran llevado con más frecuencia, habría sido más maduro y no habría hecho tantas tonterías.

–Pero ahora eres una persona diferente –dijo ella–. De hecho, lamento que no puedas quedarte más tiempo con nosotros.

Tahir se encogió de hombros.

–El deber me llama. Y por otra parte, mi padre me necesita.

–¿Se ha vuelto más cariñoso con la enfermedad?

–¿Mi padre? No, mi padre no podría ser cariñoso aunque quisiera –respondió Tahir con humor–. Pero nos llevamos mucho mejor que antes, a pesar de nuestras diferencias.

Azrael llegó en ese momento, tan alto e impresionante como de costumbre. Y como siempre, Molly sintió un hormigueo en el estómago. Llevaban tres años de casados, pero seguía estando tan enamorada de él como al principio; o quizá más, porque había sido increíblemente afectuoso con ella durante los últimos días de la vida de Maurice, que había fallecido meses antes.

Azrael se inclinó sobre su hijo y le empezó a hacer cosquillas, arrancando carcajadas al pequeño Sharif.

–Ojalá me hubiera divertido tanto cuando era un niño –dijo Tahir.

–Bueno, puedes divertirte con tus hijos cuando los tengas –comentó Molly.

Tahir la miró con horror.

–¡Oh, por Dios! ¿Quién quiere ser padre? Aún tengo toda la vida por delante. Además, no quiero acabar como vosotros –dijo con sorna.

Molly rompió a reír, encantada con la relación que se había establecido entre ellos. Quería mucho al hermanastro de Azrael. Su opinión sobre el joven había cambiado radicalmente durante el tiempo que estuvo en palacio, cuando se dio cuenta de que no la había secuestrado porque se sintiera físicamente atraído por ella, sino porque necesitaba un afecto que no encontraba en ninguna parte.

Cuando Tahir se marchó, Azrael la miró y dijo con orgullo:

–Va por el buen camino. Ahora sé que será un gran hombre, un hombre fuerte, seguro y sensible. No tiene ni el carácter brutal de su padre ni mi exceso de pasión.

Molly le acarició la mejilla.

–Eso es cierto. Eres muy apasionado.

–Pero me controlo.

Molly sonrió porque no era verdad que Azrael lo controlara. Seguía siendo maravillosamente explosivo en la cama, y ella era adicta a sus atenciones.

Al cabo de un rato, la niñera se llevó al niño y permitió que Azrael y Molly se quedaran a solas.

–Tengo una sorpresa para ti –dijo Azrael, llevándola hacia el dormitorio.

A Azrael le encantaban las sorpresas, aunque no acertaba siempre. Al final del primer año de su matrimonio, le había comprado un piano; y se llevó un buen chasco cuando vio que Molly llevaba tanto tiempo sin tocar que casi no se acordaba. Pero no se dejó desanimar por un detalle tan irrelevante como ese: contrató a un profesor de música, y Molly mejoró tanto que ahora podía tocar razonablemente bien.

–Me ha costado encontrarlos, y he tenido que ser muy persuasivo con sus dueños –dijo Azrael, dándole dos cajitas–. Sin embargo, ha merecido la pena. Quería que recuperaras tu herencia familiar.

–¿De qué estás hablando? –preguntó ella, sin entender nada–. Las familias como la mía no tienen herencias. No somos como la tuya.

–¿Como la mía? Recuerda que estás hablando con un hombre que tiene a Hashem entre sus antecesores. No se puede decir que mi herencia sea precisamente ilustre.

Molly abrió las cajitas un momento después, y no se pudo creer lo que vieron sus ojos.

–¡El broche y el anillo de mi abuela! ¡Oh, Dios mío! ¿Cómo lo has conseguido?

–Quizá te agrade saber que son de buena calidad, y muy antiguos. No sé cómo llegaron a tu familia, pero puede que estés equivocada sobre tus ancestros. Por lo visto, alguno de tus familiares era rico.

–¡Oh, no sabes cuánto significa para mí! Me emociona que te hayas tomado tantas molestias para encontrarlos.

–Seguro que no tanto como me emocioné yo cuando me dijiste que los habías vendido para poder pagar los gastos de la residencia de tu abuelo –replicó él, secando la solitaria lágrima que caía por la mejilla de Molly–. Eres tan leal, tan cariñosa... y me siento muy afortunado de tenerte. Te adoro, Molly.

–Y yo te adoro a ti.

En recompensa a sus palabras, Azrael la besó apasionadamente, despertando una vez más su deseo.

–Pensaba dártelos la semana que viene, cuando fuéramos a la cueva para celebrar nuestro aniversario. Pero, cuando los he recibido, he pensado que tenía que dártelos ahora. Ardía en deseos de ver tu cara de felicidad.

–Eres un sueño hecho realidad, Azrael.

Él sonrió.

–No sé qué me disgusta más, si ser un sueño o que me llamen «glorioso líder».

Molly clavó la vista en sus preciosos ojos dorados y declaró:

–Pues tendrás que acostumbrarte, porque eres un sueño en todos los sentidos. ¿Y sabes una cosa? Ya no podría vivir sin ti.